Mükemmel Bir Son

French Oje

Roman - 47

Mükemmel Bir Son
French Oje

ISBN: 978-605-9318-39-6
Yayıncı Sertifika No. 16208

1. Baskı: İstanbul, Ekim 2016

Yayın Yönetmeni: Cem Mumcu
Yayın Koordinatörü: Ayşegül Ataç
Editör: Onur Emer

Kapak Tasarımı: Ebru Demetgül
Sayfa Tasarımı: Deniz Dalkıran

Baskı ve Cilt: Pasifik Ofset, Cihangir Mah. Güvercin Cad. No. 3
Baha İş Merkezi A Blok Avcılar-İstanbul – Tel.: 0212 412 17 77
Matbaa Sertifika No. 12027

Eser, 55 gr kâğıt üzerine 10,5 puntoluk Palatino fontuyla dizilmiştir.

Kurucu: Cem Mumcu
Genel Müdür: Evren Bingöl
Kreatif Direktör: Ebru Demetgül
Satış Müdürü: Murat Tüter

Özgür Doğan, hep bizimlesin...

Adres: Fulya Mah. Mehmetçik Cad. Gökkuşağı İş Merkezi No. 80 Kat: 3
Fulya, Şişli, İstanbul Tel.: (0212) 272 20 85 - 86 Faks: (0212) 272 25 32

okuyanus@okuyanus.com.tr
www.okuyanus.com.tr

Mükemmel Bir Son

French Oje

Yazar Hakkında

Twitter'a adım attığı andan itibaren binlerce genç kızın en yakın arkadaşı olan French Oje, *Erkek Dedikodusu 1* ve *Erkek Dedikodusu 2* kitaplarındaki içten ve eğlenceli anlatımıyla tüm kalpleri fethetmeyi başardı. Ardından gelmiş geçmiş en "gerçek" roman karakteri Renda'yı yaratarak *Keşke Ben Uyurken Gitseydin, Sen Yokken Yine Yanlış Yaptım* ve *Ben Hiç Giden Olmadım* kitaplarından oluşan üçlü Dizüstü Edebiyat serisine imza attı. *Peki Ben Şimdi Ne Yiycem'*de ise kilo ve beslenmeyle ilgili farklı dertleri olan 21 kadının hikayesini anlattı.

French Oje bu kez *Mükemmel Bir Son* ile Dizüstü Edebiyat'a veda edip bir romanla okuyucularının karşısına çıkıyor. Olgunluğa adım atan genç bir kadının duygusal dünyasındaki değişimleri ve kendisiyle hesaplaşmasını kaleme alan French Oje, bu kitapla yazarlık kariyerinde yeni bir sayfa açıyor.

Twitter.com/french_oje
Instagram/frenchos

İçindekiler

"arkasına bakarak yürüyebilir mi insan?"
demişti biri bir gün ve bence geçmişi
düşünmememi sağlamak hiç bu kadar
kolay olmamıştı...

Huzur süpürgeleri

Akşama kadar döne döne yattığım, kalkmaya enerji bulamayıp biraz daha, biraz daha derken epeyce uyuduğum, beynim yerinde değilmiş gibi hissettiğim bir bahar pazarı telefonun diğer ucunda bana hem çok benzeyen hem de hiç benzemeyen, atsan atılmaz satsan satılmaz arkadaşım Yeliz vardı. Düğün mevsimi gelmişti. Dedikodular hep evlenme teklifi alanlar, almayanlar, uzatmalı ilişkiler, evlenmek üzereyken kavga edip ayrılanlarla ilgiliydi tabii. Evlenenler, evlenmeyenlere tam istedikleri gibi hissettirmişlerdi artık. Zira onlar seçilmiş, özel, vazgeçilemeyen, terk edilemeyen ve kaybedilmek istenmeyenken biz birlikteyken bile 'emin olunamayan'dık.

Aklımdan geçeni düşünmeden söyleyiverdim.

"Ya Yeliz, sadece evlenme teklifi alsam, evlenmesem bile okey'im. Yani sadece bir an olsun böylesine, ömürlük istendiğimi duyayım, yeter."

"Ne istediğine dikkat et Müge. Böyle şeyler isteme sakın. Evlenme teklifi alıp evlenmemek güzel bir şey değil, dram. Sebebi ne olursa olsun, sonu seni mutsuz edecek bir şeyi istiyorsun."

"Yahu ne alakası var? Ben tamamen iyi niyetle aslında o anı ne kadar merak ettiğimi söylemeye çalıştım ama eminim evren beni senin anladığın gibi anlamıyordur."

Derin bir nefes aldı. Çok biliyor ya, açıklayacak...

"Kızım, evren sen nasıl bir şey istersen sana onu verir. O yüzden istediğin şeyi liste yapmalısın. En ince ayrıntısına kadar tarif etmelisin derler ya; yani 'Koca istiyorum' demezsin sonuç olarak, 'Yakışıklı, uzun boylu, kariyerli, evi olan koca istiyorum' dersin. Sen de kalkmış 'Sadece evlenme teklifi alsam yeter' diyorsun, delirdin mi? Hiç mi olayı anlamadın gerçekten?"

"Ayyy tamam, pişman oldum söylediğime. Ne iyi, ne saf duygularla söylüyorum, ne kadar tatminkar bir arkadaşım var diyeceğine içimi kararttın."

"Ya zaten evlilik zor bir şey, insanlarla yaşamak, bambaşka birini anlamak çok zor. Bak sana ne anlatıcam..."

Fazlasıyla samimi olduğu alt komşusu Pervin'den bahsediyordu yine. Hiç ilgimi çekmez başkasının macerasız hayatı ama Pervin'le ilgili genelde acayip şeyler oluyordu. Beni uzun uzun düşündürüyor, aklıma hep kendi eksiklerimi getiriyordu. Çok iyi kalpliydi, kocasını çok seviyordu, bebekleri için mükemmel bir anneydi ve bunun tek bir sırrı vardı Yeliz'e göre; sabır. Pervin o kadar sabırlıydı ki, kadını kadın yapanın sabır olduğunu zannediyordun onu görünce. Hani sanki bizim evlilikle, yuvayla hiç alakamız olamayacakmış gibi...

Pervin küçücük şeylerle mutlu oldukça önüne daha iyisi geliyordu, biz küçücük şeylerle mutlu olunca küçük şeylere mahkum oluyorduk. Pervin sabrettikçe daha çok seviliyordu, biz zaten sevilene kadar sabredemiyorduk. Pervin'in de kocasının gözü dışarıya kaymıştı tabii ama bizim gibi savaş başlatmamış, sonunu görür gibi sabırla beklemiş ve kazanmıştı.

"Müge ya, çok özeniyorum Pervin gibi olan insanlara. Al işte, mutlu olmak istiyor ve oluyor. Sonsuz şefkat veriyor adama, kadın gibi kadın işte. Biz neyiz? Biz anca huzur süpürgeleri!"

Huzur süpürgeleri...

O an güldüm, hoşuma gittiği için herkese anlattım ve sonra da hoşuma gittiği için korktum. Ve sonradan anlayacaktım; o konuşma benim yeni hayatımı başlatan konuşmaydı.

İlişki profesyoneli

Öylece oturmuştu karşımda, kısık, çekik gözleriyle gözlerimin içine içine bakıyordu. Duygularını göremiyordum. Ne demek istediğini anlayamıyordum. Beni hala istiyor muydu yoksa hayatı boyunca istememiş miydi, bunu bile yorumlayamıyordum.

Her zamankinden daha abartılı bir mutlulukla sorular soruyordum. Uras, eski ve güvenilir bir dosttu sorularımı cevaplarken. Siyah saçları ne güzeldi hala. O kadar gürdü ki şekil veremediği için nefret ederdi. Saçlarından nefret ettiğini söylediği her gün saçlarının ne kadar seksi olduğunu düşünürdüm. Eskiden kirli sakallıydı, şimdi günün modası o olduğu için upuzun, karışık, simsiyah sakallı.

Uras benim eski sevgilim. Ayrılma nedenimizi ikimiz de bilmiyoruz. Gençtik, önce arkadaştık, sonra sevgili olduk. Sevgiliyken zamanla birbirimizden soğuduk, konuşmamaya başladık ve şimdi yine arkadaşız.

Benden sonra çok uzun süren bir ilişkisi olmuştu, benim de öyle. Şimdi benim için her şey bilinmezken bir de

Uras'la buluşayım, bizdeki -aslında bendeki- sorunu ondan duyayım istemiştim.

Karşımdakini kendi ruh halimle tamamen etkim altına alabildiğimi keşfettiğim günden beri bunu sık sık kullanırım. Mesela sevgilimle aramız kötüyse bir anda aşırı anlayışlı ve huzur veren kadına dönüşürüm ve birkaç saat içinde ayrılmak için bahane arayan o ilgisiz adam gider, yerine benimle sürekli vakit geçirmeye çalışan adam gelir. Rol olarak başlayan anlayışlılığım da, huzuru bulunca ve terk edilme korkusu ortadan kalkınca gerçeğe dönüşür, ilişkim normal seyrinde ilerler...

Uyuzluk yaptığımda da karşımdaki benden belki de fark etmeden uzak durmaya çalışır. Uyuzluk yapmamın amacı karşımdakinin paspas olduğunu görmek istememdir ama bu genelde ters teper ve karşımdakini yola getirmek için aniden rahat bir insana dönüşürüm. Ben rahatlayınca herkes rahatlar.

Bugünkü rolüm de neşeli ve esprili olmayı içeriyordu. Çünkü rahat bir ortam oluşturacak ve Uras'ı konuşturacaktım. Kişisel gelişimim için. Bundan sonrası için...

Ellerimi kahvenin kupası sayesinde ısıtıyordum. Ellerim her zaman buz gibidir. Çeşitli espriler, şakalar, komikliklerden sonra aklımdaki soruyu bir çırpıda soruverdim.

"Uras biz neden ayrılmıştık?"

"Nasıl yani, hatırlamıyor musun? Zamanla uzaklaşmıştık, galiba istediğimiz gibi gitmemişti. Sonra da kendiliğinden bitti."

"Neden uzaklaşmıştık peki? Ben hatırlamıyorum."

Mükemmel Bir Son

"Cidden hatırlamıyor musun? Başlarken güzeldi ama ilerleyen zamanlarda çok da iyi gitmiyordu ilişki. Hoşlanmamaya başlamıştık birlikte olmaktan."

"Neden mesela? Onu merak ediyorum; benim yüzümden mi?"

"Yaa çok da senin üstüne yıkmak istemem, benim de hatalarım vardır elbet."

Ağzında yarım saattir oynadığı kürdanla geriye yaslandı, arkamızda duran garson çocuğa göz kırptı. Uras yeni yeni ünlenen bir şarkıcıydı. Bir ses yarışmasına katılmış, yıldızı parlamıştı. Hemen bir single patlatmıştı ve sokaktaki çoğu insanın daha çok yarışmadan tanıdığı ama istisnasız çok beğendiği biri olmuştu.

Tabii bunlar yüzünden karşısında değildim o an. Uras bana göre eskiden de yetenekliydi, eskiden de tatlıydı, eskiden de herkes onu severdi. Şimdi ona uzaktan bakıp gülümseyen insanlara göz kırpıyordu. Başkası şu hareketi yapsa, ortamların kırosu gibi gözükürdü ama Uras hemen 'çok mütevazı çocuk, valla bravo' grubuna girmişti işte her hareketiyle.

"Peki, sorumu şöyle değiştiriyorum. Bende misin Uras, alo?

Uras yan masalara el sallıyordu bu kez de. Programı izleyen herkesle aynı restorandaydık sanırım.

"Tamam tamam sendeyim, açık konuşacağım."
"Ben ilişkide nasıl biriyim?"
"Kuralcı, dominant, planlı, sıkıcı."
"Gerçekten mi? Dayanılmaz mı?"

"Yahu dayanılır da, benimle çok zıt. Ben kural sevmiyorum. Atıyorum, 'Sabah günaydın mesajı atmazsam olmaz' gibi bir ilişkide olamam. Ben olamam ama olan, olabilen arkadaşlarım var. Ama onları da sen istemiyorsun. Yani senin istediğin adam sözünü dinleyecek, kurduğun hikayeye uygun davranacak, planlarını asla bozmayacak ama aynı zamanda da özgür ruhlu bir adam olacak. Ama işte olmuyor öyle. Yani ben bir şeyi senin istediğin, beklediğin, hayal ettiğin gibi yapmamışsam, kavgalar kıyametler... E o zaman da seninle olmak istemiyorum çünkü eğlenmek, kafama göre takılmak ve tadını çıkarmak istiyorum. Seninle bir şeyin tadını çıkarmak çok zordu."

Her bir cümlesi aklıma kazınmıştı. Asla unutmayacaktım. Hem söylediklerinin tamamı doğruydu hem de Uras çok acımasızdı. Sonra sanırım üzüldüğümü anladı. Ya da ben söylediklerini içimden bir kez daha tekrar ederken gerçekten üzülmüştüm.

"Ya ama yine de nasıl oluyorsa bağımlılık yapıyorsun, kopamıyor insan senden uzun süre. Bak mesela biz de yine arkadaş olarak devam ettik. Kopamadım çünkü o kadar da."

Ufacık bir umut ışığı vardı demek, küçücük bir şeytan tüyü belki. Yani o kadar da çekilmez değil miyim? Bak mesela bu da doğruydu. Çünkü eski sevgililerim beni arkadaş olarak da olsa hep çok severlerdi ve hiçbiriyle tamamen kopmazdık.

"Sence düzelir miyim Uras, düzeltsem mi bunları?"
"Yani düzeltsen senin için daha doğru olur çünkü böyle uzun yaşamazsın ya da tam anlamıyla mutluluğu his-

Mükemmel Bir Son

sedemezsin. Bazen çünkü köle arıyormuşsun gibi hissediyor insan. Bunları halledersen cillop gibi bir kız olursun."

O kadar umutsuzdum ki... Kuralsız, serbest yaşamak ne olduğunu hiç bilmediğim bir şeydi. Yani nasıl yapayım da kuralsız olayım zaten? İçimden dağıtmak ve serseri gibi anı yaşamak gelmiyor ki benim. Elimde olmadan sürekli hesap kitap yapıyorum, yarını düşünüyorum, ne yapacağıma karar vermeye çalışıyorum. Tatil mi yaklaşıyor, tezcanlılığımla plancılığım birleşiyor ve beni kimse tutamıyor; erkenden planları yapmak ve rezervasyonu tamamlamak istiyorum. Önümü görebilmek istiyorum. Başka türlüsü beni güvenli alanımdan çıkarıyor, tedirgin ve huzursuz oluyorum.

"Halledersen gerçekten bütün ilişkilerinin kaderi değişir. Bitmesi kesin olan her ilişkin evliliğe gider. Bak insan ilişkilerinde profesyonel olmak diye bir şey hakikaten var Müge, bunu daha çok kişiden duyacaksın. Bu önemli. Çocuk değiliz, 'Beni böyle kabul edin' diyemezsin kimseye."

Vedalaştık. Ben eve doğru yürürken tüm ilişkilerimi gözden geçirdim. Bir kötü sona daha hazır mıydım, bilemiyordum.

Pazartesi günlerini, bahar aylarını ve terletmeyen sıcakları severim

Terapist günümdü, Nişantaşı'nda elime kahvemi almış ilerliyordum. Terapiste ilk gittiğim günleri hatırladım. Ofisindeki her şeyin birer test olduğunu zannettiğim anlar olmuştu. Şüpheciyimdir biraz evet ama o da bir terapistti neticede. Her yerden her an bir hastalığım çıkacakmış gibiydi. İlk gidişimde elime verdikleri formu doldururken yazdığım 'acil durumda aranması gereken yakınların telefonları' içime ilk kurdu düşürmüştü. Buraya aşırı deliler de geliyordu demek ki, bense sadece arkadaşlarım benden birazcık bıktığı için oradaydım...

Çocukluğa dair bir travmam yoktu. Taciz, tecavüz, hırsızlık, depresyon, intihara teşebbüs de yoktu geçmişimde. Düşündükçe kadına ne kadar keyfi gittiğimi bir kez daha anlıyordum.

İlk başlarda her gidişimde bekleme odasında kendime bir yeşil çay yapar, sıram geldiğinde odaya yeşil çayla birlikte girer, ona danışmak için telefonuma not aldığım konuları anlatırken de çayımı yudumlar, ödem atmaya çalışırdım.

Bir zaman sonra kadının yeşil çay stoğu bitti. İki hafta sakince bekledim ve kendime başka çaylar buldum. O çaylarla ödem atamadığım için içerken biraz rahatsız oluyordum. "O kadar para döküyorum, bu kadın yeşil çayın bittiğini ne zaman anlayacak acaba?" diye kendi kendimi de gaza getiriyordum bu arada. Ama bu bir test olabilirdi; belki de her zaman yeşil çay içtiğimi fark etmişti ve bittiğinde söyleyip söylemeyeceğimi merak ediyordu. İsteklerimi rahatça söyleyebiliyor muydum? Yoksa elimdekilerle idare etmeye mi çalışıyordum hep? Ona istediği cevabı versem mi vermesem mi diye düşüne düşüne üç haftayı daha ıhlamurla geçirdim. Sonra yolumun üzerindeki Starbucks'tan kahvemi alıp sallana sallana gittim. Evet, yeşil çay almanı istediğimi söyleyemiyorum kardeşim. Sen inatsan ben de inadım.

Mevsimle birlikte soya lattem ice latteye dönüşmüş, montlar kalkmış, kot yelek giyilmiş, kafamda terapistimle ne zaman vedalaşacağımıza dair sorular yavaştan yer almaya başlamıştı.

Hayatım boyunca herkesle ayrılığımı hayal ettim. Sevgililerimin tamamıyla, annemle, babamla, arkadaşlarımla, patronumla... Şimdi de terapistimle. Ne diyecekti acaba? "Müge Hanım, bence artık gelmenize gerek yok. Siz kendi kendine yeten, sorunlarını tek başına çözen ve son derece sağduyulu bir bireysiniz artık. Bana ihtiyacınız kalmadı. Ben size sadece sizin de bildiklerinizi tekrar ediyorum." Bence kesin bu tarz şeyler söyleyecekti. Ne zaman söyleyecekti acaba? Yaz sonunda söylerdi herhalde en geç.

Yine o fırının, o mayocunun ve o bankanın önünden geçtim. Çiçekçide yine kimsede olmayan çiçekler vardı ve Instagram'daki o meşhur pozu vermek için çiçekçiden izin almaya çekindim: *Ayaklar ve çeşit çeşit çiçekler...*

Terapistime ilk gittiğimde, zamanla sıkıntısı olan biriydim. Öyle geç kalıyordum ki, bir keresinde elli dakikalık terapiyi anca yirmi dakika yapabilmiştik ve yine aynı parayı vermiştim. Şimdiyse on beş dakika erken gidiyorum. O yüzden o kadar boş vaktim oluyor ki yolda ve orada, sürekli yeni ve gereksiz şeyler düşünüyorum.

Yardımcısı yine kapıyı açıp başka odaya çekildi. Yine salona gittim ve sıramı bekledim. Ve terapimiz geçen hafta kaldığımız cümleden başladı.

"Evet, Müge Hanım, gecen hafta Volkan'da kalmıştık. En son aramıştı sizi, tartışmıştınız. Oradan devam edelim. Neden tartışmıştınız?"

"Eski karısıyla Facebook'tan arkadaş çünkü hala."

"Sorun sadece bu mu?"

"Hayır, neden beni arıyor öyleyse?"

"Bu yüzden mi tartıştınız?"

"Hayır, onunla arkadaş, bunun üstüne beni arıyor. Aslında anlamadığım ve sinirlendiğim şu; beni unutamıyorsun, peki o zaman neden birlikte değiliz? Birlikte değilsek neden beni arıyorsun? Ve o kadın neden hala hayatında madem ben varım? Bu yüzden tartıştık. Yani ben bağırdım. O da bana 'Seninle on beş dakikadan fazla konuşunca tartışıyoruz, on beşinci dakikayla birlikte telefonu kapatmalıydık' dedi."

"Bakın Müge Hanım, Volkan anladığım kadarıyla zaten çok dolu bir hayata sahip. Dizide oyuncu diyorsunuz, bir de üstüne tiyatro oyunu var. Bunun provaları, set saatleri derken zaten boş zamanı yok. Bu arada da flört etmek için sizi arıyor. Eğer siz de isterseniz flört edin ama istemiyorsanız telefonlarını yanıtlamayın. Telefonu açıp azarlamakla doğru mesajı vermiyorsunuz ki... Bakın, güzel giden şeyleri kendi elinizle yok ediyorsunuz, tıpkı bu telefon görüşmesi gibi. Yani siz hep onun verebileceğinden daha fazlasını istiyorsunuz. Aramasa neden aramadı, arasa niye arıyor görüşmek istesin, görüşmek istese daha çok görüşmek istesin diyeceksiniz. Ama kendisi de söylemiş size, siz de bana söylediniz, Volkan'ın sizin istediğiniz tarzda standart bir ilişkiye ayıracak vakti yok ki."

Tamam, doğru, ama o zaman niye arıyor? Bunu Volkan'a da sordum son aradığında. "Özlüyorum, ne yaptığını merak ediyorum, sesini duymak istiyorum" dedi. Böyle söyleyince romantik geliyor kulağa ama değil. Bunu söyledikten sonraki bir on beş gün ortalıkta gözükmüyor genellikle...

Mükemmel Bir Son

Çemberde kaçıncı halka?

Volkan'la ilk karşılaşmamızda yanımda erkek arkadaşım vardı ve ilişkimizin yürümediği, ikimizin de epey gergin olduğu bir dönemdi. Biz karşılaşmışız, tanışmışız ama ben hatırlamıyorum. Zaten bırak Volkan'ı, karşımdaki kim olsa hatırlamam. O dönem bende epey flu. Dalgınlıktan merhaba dediğim insanın bile yüzüne bakmadığım dönemlerdi. O zamanlar saçlarım kaküllü ve kırmızıydı, erkek arkadaşımsa beline kadar saçları olan bir ressamdı. Kuzenimle yaşamaktan sıkılmış, onun evine yerleşmiştim ve bununla birlikte ilişkimiz tam anlamıyla gümlemişti. Toplamda üç buçuk yıl süren ilişki onun evine taşınmamla son üç ayına girmiş, bitmişti.

Volkan da zaten o ilk tanıştığımız günlerde biriyle birlikteymiş hatta sonra da onunla evlenmiş. Ama maalesef o çok kısa süren evliliklerden olmuş bunlarınki. Yani aşktan kaynaklı değilmiş. Ama o ilişkide, o noktada evlilikten başka yapılacak bir şey kalmamış, bu da almış kızı evlenmiş. Altı ay sonra ayrı evlerde yaşamaya başlamışlar, bizim ikinci karşılaşmamızdan on beş gün önce de resmen boşanmışlar.

Bu arada biraz önce bahsettiğim ikinci karşılaşmamız, Filmekimi bilet kuyruğunda oldu. İlk tanışmamızda doğum günü partisi olan arkadaşım Samet'le sıradaydık. Volkan da biletlerini almış çıkıyordu. Geldi, Samet'le sarıldılar. Onlar sarılırken ben sanırım aşık oldum. Ama aşık olurken aklımdan da şu geçiyordu: "Şu an gözüme dünyanın en yakışıklısı gibi gözüküyor ama aslında çok çirkin. Kesin çok çirkin."

"Siz Müge'yle tanıştınız değil mi geçen seneki doğum günümde Volkan?"
"Tanıştık tanıştık ama o haline hiç benzemiyor."

Tanıştığımı hiç hatırlamıyordum ama neyse. Kesin Başar'la birlikteydim ve yine gerginlikten etrafıma bakmıyordum... Elimi uzattım.

"Merhaba yeniden, ben Müge. Bir kez daha tanışalım çünkü cidden hiç benzemiyorum eski halime artık kumralım."

Biz tanıştıktan sonra Volkan bir daha yüzüme bakmadı. Sadece Samet'e baktı, ona sorular sordu, cevaplar aldı. Ben de bu esnada sadece onu inceledim. Anlattıklarıyla heyecanlandım, esprilerine güldüm, bir şekilde sohbetlerine katılmaya çalıştım. Başar'dan sonra ilk kez birini bu kadar beğenmiş ve ömrüm boyunca birlikte olmak istemiştim. Keşke telefon numaramı isteseydi...

O an tek aklıma gelen buluşma bahanesi Samet'in bir sonraki hafta vereceği veda partisi oldu. Samet Londra'ya gidiyordu altı aylığına. Gitmeden de çevresindeki herkesi çağıracağı bir parti düzenliyordu. Hiç canım istemiyordu

Mükemmel Bir Son

gitmeyi ama partiye Volkan da gelebilirdi ve biz Samet'i-mizin arkasından bir maşrapa su döker ve el ele tutuşup bir daha da hiç ayrılmazdık...

Volkan'la vedalaştık, gitti.

"Ben bununla tanıştığımı niye hatırlamıyorum Sa-met?"
"Çünkü sen bununla tanıştığın dönemden kimseyi ha-tırlamıyorsun. Benimle bile zor görüşüyordun kızım, saç-ma sapan bir ilişkin vardı."

Hakikaten yahu, belki de Volkan'la o gece gerçekten tanışsaydım bugün iki yıldır sevgiliydik. Belki de çoktan evlenmiştik.

Bu hikayeyi böylece anlattığım bir terapi günümde, terapistim sabırla dinleyerek bana bir ödev verdi. Ödev vermeden önce de yapmam gereken şeyin mantığını an-lattı. Onun üzerinden gidecekmişiz sonraki seanslarda. Şimdi olay şu: Hepimizin etrafında halkalar varmış beş tane. Kendi halkamızın içinde hayatta bize en yakın olan üç kişi varmış. Bunlardan gizlimiz saklımız yokmuş. Aile, eş, kanka, çocuk, neyse işte en yakın olan üç kişiymiş bunlar. Sonraki halkada yine çok yakın ama daha az sır bilen insanlar varmış. Sonraki halkada sevdiğimiz ama çok görüşemediğimiz eş, dost. Sonrakinde tanıdıklar, son-rakinde de tanıdıkların tanıdıkları ki bunlar çemberlerin dışında kalıyor zaten. Bu çemberlerin içindeki insanların yerleri zamanla ve yaşananlarla değişebilirmiş ama sağ-lıklı ilişkilerde insanlar bir halka bir halka ilerlermiş. Yani yanımdakiler bir dış halkaya gidebilir ya da uzaktan bir tanıdık, sevdiğim birine dönüşebilirmiş. Benim ilişkilerimde yaptığım hata ise, dördüncü halkamda bulunan, hoşlandığım bir kişiyi hemen ilk halkama sürükleyip evlenme hayalleri kurmammış. Bu sakat ilişkinin sonu tabii ki hayal kırıklığıymış.

Volkan elbette doğru olanı yapmış bunca zaman, yani beni halka halka ilerletmiş, belki de geriletmiş. Şu an sevdiği ama sık görüşmediği halkadaymışım. Aklıma sadece diğer halkalarda başka kızların olup olmadığı sorusu geldi. Mesela ben ilerleyince biri geriledi mi? Mesela eski karısı çemberin hangi halkasında? Volkan'a benden yakın halkadaysa onun o halkasını kırar, o Volkan'ı da sahnesinde yakarım.

Bunları düşünürken terapistin çemberleri çizdiği tahtaya bakarak gözlerimi kısıp "Aaa, çok doğru" diyor, anlattıklarının üzerine derin derin düşünüyormuşum izlenimi veriyordum tabii.

Ya beni kaçırırlarsa?

Madem başladım, Samet'in partisini anlatmazsam olmaz. Samet benim aksime herkes tarafından çok sevilen, çok geniş bir çevresi olan biri. Ve benim bu çevreden yararlanmaya çalıştığım tek an o geceydi. Yani #mugevolkanwedding hashtag'iyle Instagram'da paylaşılacak fotoğraflarımızın ilk gün ile başlayıp düğüne kadar uzanan kurgusunun ilk karesinin çekileceği o gece.

Bu gece için günler öncesinden alışveriş yapmış, ne giyeceğimi kararlaştırmış, manikürümü, pedikürümü yaptırmış, lazer epilasyondan da randevu almıştım(niyeyse). Ve işte o gün gelmişti. Güne, seçtiğim ve satın aldığım kıyafetlerden hiçbirini giymeyerek başladım. Çünkü modum başkaydı ve o kıyafetler beni ifade etmiyordu. Beni her zaman kurtaran çiçekli elbisemle spor ayakkabılarımı giydim. Azıcık üşüyecektim ama olsun, ekim gibi bir ekimdi ve buraya yazıyorum; ben o kasım ayına kolumda Volkan'la girecektim.

Akşam olduğunda evde sıkıntıdan patladığım ve heyecandan kendi markamın yeni sezon tasarımlarına bile konsantre olamadığım için atladım gittim erkenden Samet'lerin yanına. Sametçiğim üniversiteden en sevdiği ve hala görüştüğü hocalarıyla rakı içiyordu. Ben muhabbetin sonuna yetiştim, Samet'i de aldım, erkenden mekana geçtim.

Mekan yeni açılan bir kokteyl bardı; hani şu Oben'le Alex'in açtığı. İkisi de Samet'in kankasıydı. Neyse, Volkan'ın çekimleri uzadı. Bekle bekle... Arada Oben'lerle de tanışıp hepsinin favori kokteyllerinin tadına bakayım derken kafam güzel oldu. Benim neyime kokteyl? Mekan artık dopdoluydu, kalabalık sokağa taşmıştı. Eskilerden, yenilerden herkes ordaydı; Volkan'ın bütün Instagram albümü diyebilirim kalabalığı tanımlamam gerekirse.

Volki ufukta göründü. Bense kafam güzel olduktan sonra bir soda içmiş, biraz beklemiş, tamamen ayılınca da bu halimden memnun kalmayıp üstüne bir kokteyl daha içerek eski sarhoşluğuma geri dönmüştüm.

Volkan yanıma geldi hemen, ne güzel çocuk bu ya.

"Merhaba, Samet nerede? Göremedim, yeni geldim ben de."
"Evet ya, nerede kaldın? Herkes sarhoş artık."
"Sorma çekimler beklediğimden uzun sürdü anca bitti. Dur ben de kokteyl alayım, nedir içtiğin? Güzel mi?"
"Tadına baksana."

İşte böyle gecelerde aynı bardaktan içmeyi inanılmaz tatlı bulurum. İçki insanları her türlü yakınlaştırıyor galiba. Beğendi kokteylimi. Yanımdan hem kokteyl almak, hem de yolda Samet'i görmek için ayrıldı. On dakika bile geçmeden merdivenlerin en üst basamağında durmuş, benim de olduğum sokağa bakıyordu. Birini arıyordu. Beni mi arıyordu?

El salladım, hemen bana doğru geldi.

"Ben el salladım sana ama kime bakıyordun bilemedim tabii."

"Sana bakıyordum. Yanından kaçar gibi ayrıldım, ayıp olmasın istedim."

"Yani sadece bunun için mi? Ayıp olmasın diye mi?"

Soru soran gözlerle bakıyordu. Bense adamı son halkamdan ilk halkama sürüklemeye çalışıyordum. Yani tabii ki nezaketen bakınıyordu bana. Ne yapacaktı, aşık mı olacaktı hemen?

Gülümsedi. Kesin çok çirkin gülüyordu ama bana göre dünyanın en güzel gülüşü onunkiydi.

"Eee neler yapıyorsun? Anlatsana."

Anlattım. Baya aklıma ne gelirse anlattım. Çanta tasarımına başlama hikayem kısa geldi, bunun aileme dayanan kısmını bile anlattım. Esnemeden dinledi. Ama hani bazen ayıp olmasın diye ağızlarını açmadan esnemeye çalışırlar ya, öyle bile esnemedi. Ben bu arada kendi içkimi çoktan bitirmiş, onun üçüncü içkisine yardım ediyordum. Anlatmaya dalmıştım. Sırtımızı sokaktaki bir duvara vermiş, kol kola duruyorduk. Ben çoktan koluna girmiştim. 'Volki' diye hitap etmeye onun iki, benimse bilmemkaçıncı içkimde başlamıştım. Konuşacak bir şey bulamıyordum. Sıra sarhoş romantizmime gelmişti.

"Volki, düşünsene, ya beni kaçırırlarsa? Bazen düşünüyorum n'aparım diye."
"Kaçırırlarsa aynen bu kadar konuş, sorun kendiliğinden çözülür."

Kahkahalarla güldüm. Eğildim, iki elimle dizlerimi tuttum, güldüm, güldüm, güldüm. Kalktım sonra. Gözlerimin yaşlarını silerken ona baktım.

"Geveze babandır!"
"Yok, babam pek geveze değildir benim."

Çok tatlıydı. Çok ayıktı. Ben yanmıştım. Çok sarhoştum. Çok kayıptım. Beynim yoktu. Bence ben dahil herkese göre dünyanın en bulunmaz erkeğiydi. Çok güzeldi. Ne güzeldi...

Sonraları onun kafa karışıklıkları, bir gelip bir gitmeleri, benim korkularım ve dengesizliğimin ardından en sonunda karar verip üstüne düşmem sayesinde birkaç kez buluştuk. Ya prova ya da çekim çıkışına denk geldi. Hep yanıma geldi, az kaldı, erkenden çekimi olduğu için gitti. Sonra bir gün dizisi yayından kalktı. Buna sinsice sevindim. Peynir tabağı hazırladım, "Şarap al, gel" diye aradım. Beklemiyordu ve bu bir emirdi artık.

Geldi, seviştik. O gece hayatı boyunca bana tapacağını anladım. Kimsede bulamadığım, hiç bilemediğim bir ten uyumuyla karşı karşıyaydım ve belli ki o da öyleydi.

Haberler iyiydi, artık serebilirdim...

Cici vs musmutlu

Tabii ki bir dönem Volkan'ın Facebook'unda ekli olan eski karısını biraz araştırdım. Stalking, terapistimin asla onaylamadığı, benim de Volkan'a kadar pek yapmadığım bir şey. Ben birini stalklayamayacak kadar korkak ve safımdır çünkü. Gözlerimi kapamak isterim, bilmek istemem.

Önce karısının Instagram hesabını buldum, sonra bu hesabı Yeliz'le paylaştım. İki saat kadar ses çıkmadı. Heyecandan ve korkudan kalbim duracaktı ama Yeliz'e giren çıkan olmadığı için ne var ne yoksa önüme döküleceğini biliyordum.

Mesela Volkan'ın provalarını hep izlemek istemiştim. Volkan, provalara kimsenin gelemeyeceğini, bunun genel bir kural olduğunu söylemişti. Bu kurala çok inanmadım. Elbet birilerinin eşi dostu geliyordu ama bu Volkan için böyle değildir diye düşündüm ve zorlamadım. Stalking sonucundaysa şunu gördüm; eski karısı o kadar çok provasına gitmiş ki...

Kadının iki tane Instagram'ı vardı. Sanırım birinin şifresini unutmuş, sonra diğerini açmıştı. İkisi de açık olduğu ve zaten artık fotoğraf paylaşmadığı için Volkan'la doluydu o iki Instagram hesabı. Tamam, eski. Tamam, geride kalmış. Tamam, bu adam beni gerçekten seviyor ama ben neden en uzak halkada tutuluyorum? Bu kadın neden bu kadar her yerde? O provalara gittiği için mi ben gidemiyorum mesela? Yoksa benden utanıyor mu?

Yeliz, Volkan'la ilgili her şeyi bildiği için bu gerçekleri yüzüme vurmak istemedi. Elbette o da gördü prova fotoğraflarını ve oyun haberlerini ama hiç sesini çıkarmadı. Kız gazeteciydi, bir gazetenin kültür-sanat ekinde röportajlar ve haberler yapıyordu. Volkan'ın da annesi babası ünlü tiyatrocular olduğu için kız hep ailenin içinde olmuş. Haberlerini yapmış, yalakalık yapmış, işlerine gelmiş, içlerine girmiş tam anlamıyla. Hani haber yapmak için provaları izlemiş olsa, öyle değil işte. Haberi bir yap iki yap, her seferinde mi Volkan'ı bekliyorsun?

Epey kırılmıştım. Bu stalktan sağ salim çıkamamıştım. Sonra bir gün, Volkan'ın ayrılık sonrası aramalarından birinde bunu ağzımdan kaçırdım.

"Facebook'unda hala ekli. Annenlerle hala görüşüyor. Bana 'Provalara kimse gelmiyor' dedin ama o her provada varmış, gördüm ben. Baktım, kırıldım. Volkan neden bana yalan söylüyorsun? Hadi söyledin, niye seviyor gibi davranıyorsun? Arama beni diyorum, niye arıyorsun?"

Önce derin bir sessizlik oldu. Volkan benden çok soğudu o an, anladım. Ama geri adım atılacak zaman değildi.

Mükemmel Bir Son

Zaten ayrılmıştık işte, ben arama dedikçe o arıyordu. Bin kez ayrılıp barışmıştık, bizden bir cacık olmazdı... Derin bir nefes aldı önce. "Kesin sağlam bir yalan düşünüyor" dedim.

"Ben Facebook kullanmıyorum. Birini silecek ya da hesabımı güncelleyecek vaktim yok, çünkü zaten internette gezinecek halde değilim. Ne kadar yoğun olduğumu sen biliyorsun. Annemlerle benden önce tanışıyordu, ben ayrıldım diye onlar da görüşmeyi kesecek değiller. Annemle babamın kendi oyunları var, o oyunların haberlerini yapan, üstelik sevdikleri de biri Leyla. Neden alakalarını kessinler? Kimse kimseyle özel hayatında buluşup görüşmüyor ki. Benim oyunumun haberini de yapabilir, yapma nasıl diyeyim Müge? Ayrıca kendisi gazeteci olduğu için benden değil yönetmenden izin alıp provaları izledi. Ben de 'Çık' diyecek değildim."

Bu ailenin işine yaramayacak tek kişi yirmi yedi yaşındaki çanta tasarımcısı Müge Eker gerçekten. Yani şu kız öyle bir meslekten seçilmiş ki asla kopmayacaklar. Onlar kopmadıkça ben de Volkan'ın tüm ailesine kin duyacağım.

Bu konuşmayı Yeliz'e ilettikten sonra Leyla Topçu'nun Instagram hesaplarına bir de bu bilgiler ışığında bakmak üzere dağıldık. Leyla pek ciddi bir tip değildi. Yani ne bileyim, tontiş, tatlı, yardımcı birine benziyordu. Kırmızı rugan ayakkabılarının fotoğrafını çekmiş, "Yeni cicilerim Rezzan annemden" yazmıştı altına mesela. Cici ne ya? Ses kaydı için telefonumdaki mikrofon resmine tıkladım.

"Cici kelimesinden gerçekten nefret ediyorum Yeliz."

"Ben de 'musmutlu'dan. Musmutlu ne ya?"

Leyla'nın iki Instagram bio'sunda da ortak olan tek bir kelime vardı: "Musmutlu"

Yeliz'i tanıyan bilir, hiç 'musmutlu' diyecek kadar mutlu olmadı. Ben de açıkçası hiç 'cici' olmadım.

İnsanlar belki de en sevmedikleri kelimelerde saklıydı.

Buzdolabı babandır

Başar'la ayrıldığımız ilk dönemde ne kadar sorunlu bir ilişki yaşamış olsak da, ondan ve korkunç bir gelecekten kurtulmuş olsam da, benden sonra sürekli partilemesini ve her gece bir kadınla takılmasını hiç etik bulmamıştım. Telefonlar açıp carladığım için de yanlış anlaşılmıştım. Yani ben ayrılır ayrılmaz kimseyi bulmadım, kimseye koşmadım, gözüm kimseyi görmedi, yorgundum, dinlenmeye ihtiyaç duyuyordum. Ama o eminim resmini çizdirmek isteyen tüm ucuz kadınları son dönemde birlikte yaşadığımız, benim dekore edip o son ve mükemmel haline getirdiğim Gümüşsuyu'ndaki minik evimize davet ediyordu. Evin bir ruhu vardı, eşyaların tanıdığı tek kadın bendim. Benim dokunduğum her şeye ve severek kattığım her detaya başka kadınlar bakıyordu. Kirletmişti her şeyi...

Peki, ben de az carlamamıştım, bana gönderilen her fotoğrafından, ortak arkadaşlarımızla tag'lendiği her parti galerisinden sonra onu arıyordum. Telefonu açmadığında da mesajla, maille ağzıma ne gelirse söylüyordum.

Ben ayrılmıştım. Ben sevmiyordum. Ben istemiyordum. Ama elimden uçup gittiğinde ve hatta paylaşılamayacak kadar popüler birine dönüştüğünde de ben deliriyordum. Çok alışmıştım, bazen çok özlüyordum. "Eskitmeseydik keşke" diyordum, başkası beni bu kadar sevmez, biliyordum çünkü. O da bir gün dayanamamış, ortak bir arkadaşımıza, "Onun beni sevdiğine ya da acı çektiğine hiç inanmıyorum. Attığı her mesaj, her mail hırsları yüzünden. Başkalarını duyunca delirdi. Kimseyi duymadığında ne arıyordu, ne soruyordu. Müge kendinden başka kimseyi sevmez" demişti. Oysa ben hayatım boyunca herkesi kendimden kat kat fazla sevmiştim, en hak etmeyenini bile. Bu söylediklerine cevap göndermedim. Bu algıyı nasıl yarattığımı düşündüm uzun uzun ve bulamadım. Gözüme sadece ailem çarpıyordu geriye dönüp baktığımda...

Bizim aile abimin deyimiyle 'resmi' bir aile. Yani öyle kol kola tatillere gitmeyiz, günde üç kez birbirimizle konuşmayız. İki-üç haftada bir konuşsak ya da görüşsek bizim için yeter de artar bile. "Annecim – Babacım" demeyiz mesela. Yani samimiyeti ben öğrenmedim ailemden açıkçası. Belki sebebi budur. Not alayım, unutmazsam terapistime bunu iletir, nedenini sorarım.

Bu durumlar bu örnekle sınırlı değildi aslında. Ta Başar'dan başlayıp tabii ki Volkan'la ayrılık sonrası konuşmalarımızdan birine kadar böyleydi...

Volkan'la ilk ayrılığımızdan bir-iki ay sonraydı. Çok domuzumdur, asla aramam. Aslında onun da aramasını beklemiyordum çünkü benden ayrılan kimse tekrar sevgili olmak için geri dönmedi şu ana kadar. Kimse aşık ha-

Mükemmel Bir Son

limi özlemez, kimse aşık halimi aramaz, kimse benimle biten ilişkisini tekrar denemek istemez.

Telefonun ekranında 'Volkan Seval' yazdığı an, kulağımda Lana Del Rey'in ayrılık acım boyunca dinlediğim Yayo'su çalıyordu. Sancılı günlerim geride kalmıştı evet ama ben bu adamdan ayrıldığımda yatak döşek yatmıştım aşk acısından. Beni hiçbir şey mutlu edemiyordu. Şu an o günleri hatırladığımda bile acı çekiyorum, öyle kuvvetliydi yaşadığım şey... Aramadım ama, pes etmedim, paşa paşa acımı çektim. İşte her şey bitmişken, bittiğini hissetmiş gibi arıyordu.

Çok uzun konuştuk. Bundan sonra her on beş günde bir arayacağını ve her seferinde de bu kadar uzun konuşacağımızı bilmiyordum henüz tabii. Çok şaşkındım, aradığı için heyecanlıydım. Hayatımda ilk kez ayrılık sonrası hala aşık olunan kadın olarak arandığım için nasıl bir tepki vermem gerektiğini bilemiyordum. Bilemiyordum dedim ya, ağzımdan şöyle bir şey döküllüverdi:

"Ya ben senden sonra o kadar üzüldüm, o kadar ağladım ki, gerçekten kabus gibi günlerdi."
"Nasıl yani? Ayrılmamıza mı üzüldün? Sen mi? Ağladın mı? Ağlamamışsındır ya, valla, ağladın mı cidden? Hayatta inanmam!"

Bu cümleyi hiç unutmadım. Ağladığıma inanamamasını hiç anlamadım. Ben aşkımdan ölerek ağzının içine bakarken bu salak nereye baktı da beni hiç tanıyamadı? Ya da ben mi kendimi anlatamadım?

Bu konuşmadan sonra uzun uzun bunu düşündüm. Şimdi ben cool kadın mıydım yoksa sevgisiz bir buzdolabı mı? Samimiyetsiz mi? Taş kalpli mi? Neydim ben, oradan nasıl görünüyordum?

Derken üniversite zamanlarında çok kısa süreli sevgilim olan Savaş'la buluştuk. Savaş Amerika'da yaşıyor, bir coffee shop açtı ve delice mutlu orada. Dünyalar kadar sevdiği bir kız arkadaşı, iyi para kazandığı bir işi ve cool bir çevresi var. Eminim benimle yaşadığı şeyin hiçbir detayını hatırlamıyordu.

Savaş altı ayda bir Türkiye'ye gelir, genellikle görüşürüz. Sevgili olmadan önce arkadaş olduğumuz için de o arkadaşlığa kaldığımız yerden devam ederiz. Bu kez ilişkimizden konuşmuştuk. Üniversitenin üzerinden yıllar geçmişti. Ben yine lafı ayrılığa getirdim.

"Hatırlıyorsun değil mi beni nasıl terk ettiğini? Çeşme'de tatildeydin, bense bizimkilerle yazlıkta."
"Evet, beni tatilde delirtmiştin. O kadar kıskanıyordun ki yeter artık demiştim."

Kıskandığımı hatırlıyorum. İnsan arkadaşıyla sevgili olunca onun aklından geçen her şeyi, nerede ne yapacağını iyi biliyor. Bizim de ilişkimiz bunun kurbanı oldu işte.

"Nasıl ağladım biliyor musun? Günlerce. Yemek yiyemiyordum bir kere, sadece sitenin havuzuna gidiyor, yüzüp yüzüp geliyordum. Tatilden döndüğümde herkes 'Nasıl bu kadar zayıfladın?' diye sormuştu."

Mükemmel Bir Son

"Ciddi misin? Ben hiç öyle düşünmemiştim, o kadar üzüleceğini bilseydim ayrılmazdım ama bana pek üzülmezmişsin gibi gelmişti."

Bu konuşmadan sonra ilişkilerimin kaderinin benim gibi bir salağın elinde olduğunu anlamıştım.

Belli ki ruhsuzdum, belli ki sevgiye ve şefkate boğmuyordum insanları, yapamıyordum. Hani bisiklete bir türlü binemezsin ya korkuyu atmak zordur, aynı öyle. Ben bisiklete binemem. Ben nasıl sevgimi göstereyim?

Not al Müge. Terapistinle bunu çalış Müge. Bir kere bile sever gibi görünmezken sevilmeyi nasıl bu kadar isteyebildin Müge?

Nereden başlasam,
nasıl anlatsam?

Bu tokat gibi gerçekler karşısında değişmeyi kafaya koymuştum aslında ama nereden nasıl başlayacağımı bilemiyordum. Yani bir insan ilişkilerini nasıl sıfırlayabilir ki?

Terapistimle buna sıra gelene kadar bir sürü konuyu konuştuğumuzdan "Sizce Volkan aradığında nasıl davranmalıyım?" dediğimde; "Çok basit, bu ilişki arkadaşınızın ilişkisiymiş ve ona tavsiye veriyormuşsunuz gibi düşünün. Bu ilişkiye biraz dışarıdan bakın. Ne söyleyecekseniz onu uygulayın" dedi.

Ya arkadaşıma söylediğim şey tabii ki farklı olur çünkü yaşadığım duyguyu, unutulmuşluğu, değersizliği, ilgisiz kalmışlığı ben bilirim. Bunları yaşamasam Volkan için elbette "Ne düşünceli çocuk, kaçırma sakın" derim.

Bir de şu Whatsapp konuşma kayıtları tam bir baş belasıydı mesela. Asla silemiyordum. Silemediğim yetmezmiş gibi de arada bir açıp baştan sona okuyordum. Okudukça da şunu fark ediyordum; Volkan, flört ederken sabah akşam vakit bulup yazan, arayan ve ses kaydı gönderen o Volkan, ilişkimize başladığımız gibi topuklamış. Beni böylesine mutlu eden, ilişkiye başlamak için can attığım, saç tellerimden parmak uçlarıma kadar istediğim Volkan ilişkimiz başladığında bir öküze dönüşmüş. Ve tabii ki ben de arayıp, "Ben çok mutsuzum seninle" demişim.

Kendimi yenileme ve düzeltme çalışmalarım o Whatsapp konuşmalarını okuduğum gibi aksamaya başlıyordu. Genellikle gece yatmadan okuyor, öfkeden sabaha kadar uyuyamıyor, içimden deli gibi sövüyordum. Bunların hiçbirinden Volkan'ın haberi olmuyordu. Özledikçe arıyor, benden şefkatli kollarımı açmamı bekliyordu. Bense aradığına sevinip, tam da istediği gibi "Ben de seni çok özledim" dedikten sonra birden kendi kendimi gaza getirip onun ne kadar bencil olduğunu söylüyor, azarlıyor ve telefonu kapatıyordum. Sonrası da değişmiyordu hiç. Mesaj atıyordum. Gururunu okşayan, sevildiğine inanmasını sağlayan, tek cümlelik bir mesaj...

Aylardır bu döngüde ilerliyordu ilişkimiz. Ve hayır, o Whatsapp konuşmalarını bana hiçbir güç sildiremezdi. O yıldızlı mesajları, ses kayıtlarını, fotoğraflarımızı hiç-bir-güç çöpe attıramazdı. Ne yapacağım, hiç bilmiyordum.

Sonra ne olduysa oldu. Bir gün Yeliz'le Zorlu'da yemek yiyorduk. Telefonum son zamanlarda epey teklemeye başlamıştı. Sürekli donuyor, bazen kapanıyor, açana kadar bildiğim tüm duaları okutuyordu bana. Bu kez tüm bu durumları Yeliz'e anlatırken ve Yeliz de bana meditasyon yapmamı önerirken birden telefon kapandı. Bir buçuk saat uğraşmama rağmen hiç açılmadı. Yeliz, "Apple'ın kapanmasına on beş dakika var, gel şansımızı deneyelim. Açarlar belki" dedi ve son çare olarak oraya gittik. Yalvar yakar olunca biri baktı bize çıkmadan. "Bu telefon hatalı seriden zaten, açılmaz artık. Bu seriden çok cihaz geldi değişim yapıyoruz direkt" dedi. Kabul etmekten başka şansım kalmamıştı.

Evren bana bir mesaj verir gibi o telefonu elimden almıştı. Ben telefonumu hiç yedeklememiştim üstelik. Nasılsa yedeklerim diye hep ertelemiştim ve şu an geçmiş olsun demekten başka çarem yoktu. Tüm hatıralar, öfke nöbetlerim, kavgada gösterilecek kanıtlar, sevildiğime dair ipuçları, tatlı flörtler ve acı hatıralar tamamen silinmişti. Eski telefonumu yedeklemiştim ama o yedeklemeyi yeniye yüklediğimde ta Samet'in 'Londra'ya gidiyorum' partisinin Whatsapp grubunun kuruluşuna gittim. Onda da gruptan ayrılmıştım zaten. Hayatımda henüz Volkan yoktu.

Bu durumda evren bana şunu da diyor olabilirdi:

"Volkan'ın şahsında ilişkilerde yaptığın bütün aptallıklarını siliyorum ve sana yepyeni bir sen, yepyeni ilişkiler ve doğru bir hayat yaratma şansı veriyorum. Daha ne yapayım?"

Sorun belki de karides cipsi

Uzun zamandır düşünüyorum. Yaşadıklarımın, duyduklarımın, bana anlatılanların üzerine uzun uzun düşünüyorum. Kendimi değiştirmek zorunda olduğumun farkındayım. Bu son telefon olayıyla da bu kesinleşti.

Hayatım boyunca başkasının istediğim özelliklerle donanıp bana gelmesini bekleyemezdim. Karşımdakinin değişmesini ama bunun karşılığında asla değişmemeyi, unutmayı ama unutulmamayı, cesur adamı beklerken cesur olmamayı seçemezdim. Beni ben yapan şeyler kimseye -bana bile- iyi gelmiyorsa değişmek zorundaydı.

Mutfakta kahvaltıdan sonraki bilmem kaçıncı çayımı içerken gözümün önünde duran kutu kutu karides cipsini atarak bu işe başlasam mı diye düşündüm. Karides cipsinin bile bu aptal ilişkide bir yeri vardı çünkü ve öncelikle o eski ruhu bu evden atmalıydım.

İlişkimizin bitmek üzere olduğu günlerdi ve ben bunu henüz bilmiyordum. Market alışverişi yaparken, bir yandan da Volkan ile konuşuyordum. Birden "Aaa karides cipsi!" diye bağırdım heyecanla. Bunu duyan Volkan da, "Ya o kutudakilerden değil mi? Bana da alsana. Ama biberli alma sade al, bana geldiğinde yaparız" dedi. Ben de artık market alışverişlerimde bile yeri olduğu için sevine sevine üç kutu karides cipsi aldım.

Ne zaman bana yapacak, ne zaman görüşebileceğiz diye düşüne düşüne bu kutulara uzun uzun baktım. Ayrıldık, atamadım. Aradı, görüşeceğiz zannettim atamadım. Biz barışmadık, ben hep bir umutla mutfağımda açılmamış kutu kutu karides cipslerimle onu bekledim. Ben bekledikçe olmadı işte. Adamın beklediğimden haberi yoktu ki. Normal zamanda hiç giymeyeceğim dantelli ve 'cici' iç çamaşırlarını "Ya barışırsak?" diye düşünüp asla iade etmediğimden, şu karides cipslerini bir kere bile yemeyip onun için sakladığımdan haberi yoktu. Saçlarımı fönlü sevmediği için ondan ayrıldıktan sonra bile fön çektirmediğimden, en sevdiği parfümümü ayrıldığımızdan beri kullanmadığımdan, her aradığında belki görüşürüz diye manikür pedikür yaptırıp sessizce beklediğimden de haberi yoktu. Çaktırmıyordum, iyi halt ediyordum. Şimdi olmayan ilişkimle ve bu zor karakterimle yapayalnız kalmış, kös kös oturuyordum. Düşündüm taşındım. Eskilerden, eski benden, hatalardan, atamadıklarımdan, kurtulamadıklarımdan sıyrılmadıkça olmayacaktı.

Yeni bir ben yaratmak zaten yeterince zorken, her gördüğümde beni geçmişteki bir anıya ve dolayısıyla da yapamadıklarıma sürükleyen şeylerle daha da altından kalkılmaz bir hale gelecekti durum.

Elbette o cipsleri bir güzel yemek de bir seçenekti ama ben çöpe attım. Elbette o çamaşırları çöpe atmak da bir seçenekti ama ben hemen giydim.

"bu yaşadığım çok büyük, çok acayip bir aşk"
dediğim an lanetleniyorum, lanetleniyoruz.
sonra o yaşadığım en sağlam ayrılık oluyor,
ben en yalnız...

İlişkilerde başarısız olmanın
binbir yolu var

İlişkilerde benden bile başarısız olan arkadaşım Nil ile en son gözüne kestirdiği çocuğun Galata'daki kafesinde pazar kahvaltısındayız. İstisnasız herkesi elinden kaçırır Nil. Ben nasıl içimi açmayarak kaçırıyorsam, bu da yapışarak kaçırıyor. Önceleri dostu olarak uyarıyor, kibarca "Arama bence, erkekler avcı ruhludur, onların seni avlamasına izin ver" diyordum. Ama o kadar çok böyle uyardım ve o kadar anlamadı ki artık hiç lafı uzatmadan "Yapışma adama yine" diyorum. Ha, anlıyor mu? Anlamıyor.

Nil, çok farklı bir güzelliği, mükemmel bir eğitimi ve kariyeri, üstüne bir de dört yabancı dili olan bir arkadaşım. Ama onun da zayıf noktası yapışmak. Kendini tutamıyor. Yapışmanın binlerce yolunu keşfetmiş. Hep dolaylı yoldan, hep çeşitli bahanelerle yapışıyor adamlara. E ilişki de olamıyor haliyle, adamlar canını kurtarmaya bakıyor.

Tabağıma zeytin alırken damat adayıyla hala tanışmadığımı belirtmek istedim.

"E nerede? Ben mi göremiyorum? Geldik kafesine adam yok mu Nil?"

"Yok, cuma konuşmuştuk, gelir herhalde birazdan."

"Bugün pazar, cuma gününden beri konuşmadınız mı yani? Bu nasıl flört kızım?"

"Ya daraltma beni adam meşgul. Sabah akşam burada, yazmaya vakti olmuyor diye düşündüm. Üstelik o beni davet etti bugün için, kafamıza göre gelmedik yani."

"E davet etti ama kendisi yok. Yani dün teyit etmediğine göre, gelip gelmeyeceğini sormadığına göre çok da umurunda olmayabilirsin Nil. Bak dost acı söyler."

"Ya kızım saçmalama yok öyle bir şey."

Terapistime arkadaşlarımın mantıksız hareketlerini şikayet ettiğimde bana direkt "Size ne onlardan?" demişti. En kötü huyum budur, kendimi parçalarım aklıma yatmayan hareketlerine engel olacağım diye. "Ama bariz hata yapıyor, sonra üzülecek" diye açıklama yapacak gibi olduğumda, lafı ağzıma bir kez daha tıkayıp, "Siz onlardan sorumlu değilsiniz. Tabii ki arkadaşı olarak derdi olduğunda dinlersiniz ama onları bir kez uyarmak dışında yapabileceğiniz bir şey yok, boşuna onların derdini de düşünmeyin" demişti. Hep kendime o sözlerini hatırlatmaya çalışıyorum. İçimden sürekli "Sana ne Müge, sus. Sus düşünme, ban yumurtaya ekmeğini, sus" diyorum kendime.

"Eee Volkan'dan n'aber? Arıyor mu hala düzenli aralıklarla?"

"Ya arasa ne olur, görüşmüyoruz ki. Yani evet bende çok hata var, tekrar başlasam mı diye de düşündüm çok kez ama denenmişi denemeye gerek yok. Zaten her aramasında telefonu açıp onu beklediğimi göstermem en büyük hataydı. Bizimki büyük bir aşk değildi demek ki Nil, varsa da başında vardı aşk. Sonrasında bir türlü olamayışımız ve benim buna rağmen aylarca Volkan'ı beklemem benim sınavımdı. Ben o sınavdan geçemedikçe o aradı. Aradı ve görüşmedik ama ben her seferinde görüşürüz diye heveslendim. Ya kızım dünyadaki tek oyuncu o değil, en önemli dizilerin başrolündeki insanlar evleniyorlar. İnsanlar evlenebilirken bizim ilişkimiz telefondan bir adım ileri gidemiyor. İsteyen adam alıyor. Aşık olan adam bir dakika bile düşünmene fırsat vermiyor, bırak aramamayı sormamayı."

Bunları Nil'e anlatırken, kendisine de ders çıkarmasını umdum ama o an beni dinlememe ihtimali daha yüksekti.

"Dur ya arasam mı? Biz geldik neredesin diyeyim."

"Ya bugün pazar, adam dün eğlenmiştir şimdi akşamdan kalmadır uyanamıyordur... Sahi en baştan anlat bakalım şu hikayeyi sen, ben tam dinleyemedim anlattığında atölyedeydim."

"Geçen hafta pazartesi, ben bizim Çiler'le buraya geldim tesadüfen. Kızla başka yerde buluşacaktık, o kafe de meğer iş yapmamış, kapanmış daha yeni. O da bu sokaktaydı zaten. Neyse işte Çiler orayı göremeyince buraya geçmiş. Ben de kapıda Orbay'ı gördüm, lavabonun yerini sordum yalandan ama aşırı yakışıklı! Şimdi Facebook'tan gösterirdim ama o fotoğraflarda çirkin."

"Tekrar soruyorum, nerede tanıştın?"

"Ya tamam Tinder'da."

"Ya delirdin, gerçekten delirdin. Ne bulmayı planlıyorsun oradan?"

"Kızım herkes orada, Facebook'tan bununla seksen dokuz arkadaşım var ortak. Üstelik profilime ciddi ilişki yazdım. Ayrıca bizim şirkette Tinder'da tanışıp evlenen üç kişi var. Ben neden dördüncü olmayayım?"

"Ne zaman tanıştınız?"

"Cuma."

"Cuma sadece Tinder'da tanışıp, bugün buraya mı geldin? Konuşmadınız bile, değil mi?"

"Ya Allah Allah, konuştuk, ben Instagram'ını sordum hemen. Oradan bakıp, Facebook'tan araştırıp, Linkedin'den teyit edip sonra karşısına çıkmak istiyorum. Sen orayı dev bir katalog olarak düşün, korkma yani. Sana da açalım bak gör. Gerçi o iş herkes için mümkün değil, benim gibi büyük bir stalker olman gerekir."

"Aman yok istemem, sen herkesi görüyorsan herkes de seni görüyordur. Tek stalker da sen değilsin zaten…"

"Yok, ben açıyorum, bulup hemen kapatıyorum. Sonra tekrar açıyorum bir-iki saatliğine. Gerçi çok açıp kapattığım için beni geçen gün banladılar ama fake account ile tekrar giriş yaptım."

"Ya o kadar komiksin ki, adamları geçtin, app'e bile yapıştın, değil mi?"

"Tuttuğunu koparan diyelim. Yalnız hala gelmedi adam, garsona mı sorsak?"

"E hani arıyordun? Telefon numarası da yok değil mi, ayak yaptın. Yani ara deseydim ne yapacaktın merak ediyorum."

"Başka konuya geçecektim, ne yapacaktım başka? Bence sorayım ya garsona, sence?"

"Ya bitti zaten kahvaltı. Kahve de içelim, o bittiğinde kalkarız artık. Zaten adamı görünce konuşacak değilsin, keşfe geldik diye düşün. Sonra başkasını takar peşine sakin bir günde gelirsin. Şu an kalabalık, rahatça asılamazsın zaten."

Mükemmel Bir Son

"Ya ne kadar kötüsün Müge, ben sana böyle mi yapıyorum? Asılmak falan ne çirkin kelimeler..."

Derken kapıda muhtemelen bunun beklediği adam belirdi. Sadece yakışıklılığından tanıdım. Kapıya kilitlendiğimi gören Nil, o yöne baktı ve heyecanla kafasını bana doğru yaklaştırdı.

"Kızım ben bu işi biliyorum yaa!"

Bir anda yere bile bile çatalını düşürdü ve yenisini almaya Orbay'ın bulunduğu, mutfakla barın olduğu bölüme gitti. Yeni bir çatal aldı, biraz bir şeyler konuştu. Bizim masanın olduğu yeri gösterdi ve sonra da adama el sallayıp masaya geldi.

"Ne konuştun? Çatalları nereden aldıklarını mı acaba?
"Hayır. Bana Tinder'da superlike yapmıştı, sen bilmezsin. Yani tanır mı diye biraz soru sordum işte dükkan hakkında falan."
"Eee, tanıdı mı?"
"Valla anlamadım, tanımadı gibi. Ama Tinder sonuçta, benim fake account olduğumu düşünebilir, hemen açık vermez. Belki de akşamdan kalmadır gözleri falan şiş çünkü."

Bu arada Nil anlatırken ben de Orbay'a bakıyordum. O kadar sakin, hoş ve temiz görünüyordu ki hiç Tinder'a falan yakıştıramadım adamı.

"Olabilir. Neyse ben tuvalete gidiyorum, sen de hesabı iste. Ben dönene kadar anca gelir kalabalıktan. Sonra da kalkar sokağı turlar dağılırız."

Tuvalet üst kattaydı ve ben çıkarken Orbay da arkamdan geldi. Tuvaletler doluydu, o katta sadece ikimiz vardık. Sonra çantama baktı.

"Çantanız çok başarılıymış, sakıncası yoksa nereden aldığınızı öğrenebilir miyim? Kız kardeşim bayılır buna, gerçek deri, değil mi?"

"Benim markam, tasarımları da bana ait. Şöyle kartımı vereyim, siteden ya da diğer alışveriş sitelerinden inceleyip sipariş verebilirsiniz. Aklınıza takılan bir şey olursa, mail ya da mesaj için iletişim bilgilerim var zaten."

O kadar hevesli ve tatlı bakıyordu ki çantama, bir an gay olduğunu bile düşündüm. Sonra bir tuvalet boşaldı ve ben girdim. O da üst kattaki tezgahın arkasına geçti.

Bundan Nil'e bahsetmeye hiç gerek duymadım.

Yardım kabul etmeyi öğren,
yardım kabul etmeyi öğren!

Bir hafta sonra yine aynı kafedeydim ama elimde on adet çantayla. Bu kez başka bir masada Orbay'ı bekliyor, ikram ettikleri yaseminli yeşil çayımı içiyordum.

"Çok özür dilerim, hemen geliyorum. Çok saçma bir aksilik çıktı da…"

"Tamam tamam, sorun değil. Benim de siparişlerle ilgili yazışmalarım var zaten."

Geçen haftaki karşılaşmamızdan iki gün sonra, site üzerinden tam on adet çanta satın almıştı. Ama mesaj atıp kargoya vermememi, mümkünse bir ara uğrayıp elden teslim etmemi rica etmişti. Tabii ki isteyen her müşteriye bu hizmeti verecek değildim ama bu adam ilgimi çekiyordu ve alışverişi de epey yüklüydü. Bugün de hazır hiçbir işim yokken –ve peki, dükkanda kimsenin olmayacağını tahmin ettiğim gün olduğu için- pazartesi sabahımı böyle değerlendireyim dedim.

Meşgul görünmeye çalışmak ne zor... O an sadece onu, insanlarla konuşmasını ve yaptığı işleri izlemek istiyordum ama içimden geldiği gibi davranmak bana şu ana kadar hiçbir şey kazandırmamıştı. O yüzden merakımı bastırıp, bakmamaya karar verdim.

Yirmi beş dakika sonra yanıma oturduğunda onu beklemekten moralim bozulmaya başlamıştı. Meşgul görüneyim derken masada onu beklemekten çürümüş, çaresiz gibi görünmüştüm bence artık. Masaya kendini affettirmek için kendi yapımları olan glutensiz kek, krem karamel ve pancar cipsiyle gelmişti ve nefis birer fincan taze demlenmiş kahveyle. Her şeyi masaya koyup karşıma oturduğunda yine o kadar dinlenmiş ve taze görünüyordu ki hayatım boyunca bir gün bile bu saatte makyajsız bu kadar taze görünemeyeceğimi düşündüm.

"Müge diyebilir miyim? Hanım falan sevmiyorum hiç."

"A tabii, lütfen, ben de sevmem pek."

"Ya kusura bakma seni buraya kadar yordum, üstüne bir de beklettim ama konuşalım, tanışalım istedim. Belki ileride tasarım alanında başka işbirliklerimiz olur, kimbilir?"

"Ya benim tasarımlarımla senin ne gibi bir işbirliğin olabilir acaba?" diyemedim. Dedim ki:

"Yok, öğleden sonra bir blogger grubu ile toplantım var yine bu taraflarda, o yüzden sorun olmadı. Zaten taksiyle geldim pek yorulmadım yani."

"Ee anlatsana, neler yapıyorsun, ne zamandan beri tasarlıyorsun? Çok iyi tasarımların. Hayret, nasıl kapmıyor markalar seni? Kapsül koleksiyon ya da başka bir şey... Gerçi biraz araştırdım epey meşhurmuşsun sosyal medyada ama neden daha çok tanınmayasın ki? Kontaklarım var, görüşmemi ister misin senin için?"

O kadar güzel bir şey soruyor ki, "İsterim" desem muhtaç gibi görüneceğim; "İstemem" desem domuz gibi. Ama ben yardım istemeye de kabul etmeye de alışmamıştım. O yüzden şu ana kadar ondan fazla fırsatı tepmiş, çok daha iyi paralar kazanma şansını göz göre göre kaçırmışımdır. Yine beceremeyeceğim sanırım. Ne yapsam, yuvarlak bir cevapla konuyu mu değiştirsem?

"Olabilir tabii. Ben yaklaşık iki senedir çanta tasarlıyorum. Eskiden de deri sektöründe çok kısa çalıştım, staj gibi diyelim. Öğrenince de babamın arkadaşlarının da desteğiyle kendi markamı kurup üretime geçtim. Memnunum aslında küçük ama çok bilinen bir markamın olmasından. Büyüsem böyle özenli olur muyum ya da böyle sevilir mi marka, bilemiyorum. Biraz da korkuyorum açıkçası."

"Anladım, sana teklif ettiğim şey sanırım burayı zincir restorana dönüştürmeye benziyor, değil mi? Ruhu kalmaz gerçekten de..."

"Evet, burası yeni, değil mi?"

"Ya aslında yeni değil. Biz iki ortağız, ortağım da kuzenim. Ben yurtdışındaydım, İngiltere'de. Kuzenimin de Yeniköy'de bu tarza yakın ama çok küçük bir kafesi vardı. Sonra ben tatile geldiğimde biz biraz bu bölgede takıldık, çok popülerdi falan filan. Burası da başka bir yerdi, baktık iş yapmıyor. Ben döndükten sonra kuzenim buranın kapandığını, işleri birlikte büyütüp büyütemeyeceğimizi sordu. Beni de oraya bağlayan çok fazla şey yoktu, işimden istifa ettim. İleride bir gün istersem tekrar yurtdışında yaşarım, çalışırım nasılsa deyip dönüş yaptım. Cihangir'de bir ev kiraladım, burayla uğraştık falan filan. Hala oturmuş değil gerçi ama sağolsun hem basından arkadaşlar, hem işte senin dediğin gibi bloggerlar o kadar çok yazıp çizdiler ki bir buçuk ay önce açılan bir yer için gayet iyi durumdayız. Bu kadarını hiç hayal etmemiştik."

"Evet biz de şaşırdık bu kadar kalabalık olmasına. Yeniköy'deki de duruyor mu peki?"

"Duruyor ama burası çok vakit istiyor. Orayı devretmesini önerdim kuzenime. Ben çok yoruluyorum tek başıma burada."

"Aaa doğru, yani senin özel bir hayatın olamaz ki sabah akşam burası..."

Allah'ım yine başladım. Sanki adam beni beğendi, ben adamı beğendim, biz flörte başladık, ten uyumu falan her şey süper, bu bir ilişkiye döndü de bana vakit kalacak mı diye kurcalamaya başladım. Hooop, son çemberden ilk çembere sürükledim yine adamı.

"Doğru söylüyorsun."

Yüzüm düştü. Hissediyorum, Allah kahretmesin yüzüm düştü yani. "Yine mi meşgul adam?" dedim. Kaderime küstüm. Suratımı astım.

Yüksek standartlar
kimin suçu?

Terapistime göre bende 'yüksek standartlar şeması' varmış. Karşımdaki ne yapsa içime sinmemesi, hep daha iyisini, hep daha fazlasını istemem ve daha da kötüsü bunun normal olduğunu düşünmem bu yüzdenmiş. Karşımdaki sürekli yarış atı, ben sürekli memnuniyetsiz ebeveyn. Hayattan keyif almamaya, sürekli daha iyisi için efor sarf etmeye girmiyorum bile. Hatta ilişkilerde sürekli memnuniyetsiz olduğum için milleti yıldırmaya, korkutmaya...

Volkan'la olan ilişkimi böyle değerlendirmişti mesela. Şemamın etkili olmadığı bir ilişkim olabilecek miydi, becerebilecek miydim, ilerleyen zamanlarda görecektik...

Siparişler yüzünden epey yoğun olduğum bir atölye gününün sonunda Yeliz'le Maçka Parkı'nda buluştuk.

"Biriyle tanıştım Yeliz."
"Nerede, hangi ara?"
"Bir kafe sahibiyle, kendi kafesinde."

"Aaa, anlat bakalım... Ya kafe sahipleri hep çapkın oluyor, senin gibi yüzlerce kişiyle tanışmıştır şimdiye kadar. Bak Volkan'dan bile tam kurtulmadın daha kötüsüne kalma sakın, toparlayamayız sonra."

"Ya ne alakası var Volkan'la, o ayrı bu ayrı. Zaten daha bir şey olmadı. Öyle tanıştık, beğendim sadece. Galiba o da benimle ilgileniyor. Yani aslında çantamı beğendi, sonra on tane sipariş verdi çantadan. Kargolamamamı, elden teslim etmemi istedi. Götürünce de ziyafet çekti bana falan. Azıcık sohbet ettik."

"Al işte profesyonel çapkın. Bir yerden girmiş, seni etkilemek için sana para kazandırmış ve sana para da harcamış aynı zamanda. Bir de üstüne siparişlerini kendisi gelip senden alacağına, seni ayağına getirtmiş. Ziyafet falan da değil, cimri. Alsın seni başka yere götürsün. Kendi mekanında ziyafet ne ya? Maliyetsiz."

"Ya amma umutsuzsun, ne kadar mutsuzsun. Anlattığıma pişman ettin, her şeye başka açılardan bakmıştım ben. Mesela tasarımımla ve markamla böyle ilgilenmesi beni çok mutlu etti. Mekanında ağırlaması da rahatsız etmedi. Zaten kendi işim varken gittim, özel olarak ona gitmedim o gün."

"Mügecim, umarım öyledir. Umarım doğru anlıyor ve hissediyorsundur ama ben senin kırılmanı istemiyorum. Bu adamlarla bir şey yaşarken hiçbirimiz anlamıyoruz işin aslını. Çok sonra dank ediyor kafamıza, 'Niye beni kimse uyarmadı?' diyoruz... E ben bir Volkan vakası daha istemiyorum. O da güya sana çok değer veriyordu, ne oldu? 'Bencil itin teki' dedim, öyle çıktı. Başından beri desteklemedim, haklı çıktım."

"Off yani içimi daralttın, ben ufaktan hayallere başlamıştım halbuki."

"Peki, o ziyafetten sonra mesaj attı mı?"

Mükemmel Bir Son

"Yok, atmadı. Ama niye saldırsın ki birden?"

"Saldırmak değil o Müge, beğendiğinde beklemeden başlıyorsun ilişkiye. Yani o yapbozun parçalarının oturup oturmadığını erkekler bizimle kısacık sohbet edince bile anlıyorlar. Bizse anlamıyoruz. Her şey süper hoop evlilik hayali..."

"Ya aslında biz Nil'le gittik bunun mekanına. Nil de Tinder'dan yazışıyormuş. Bizimki adamı araştırmış falan. Gittik işte sonra. Adama kendini tanıtmadı, adam da bunu tanımadı. Ben fake account dedim ama tabii bilemeyiz belki de çaktırmak istemiyor. Sonuçta orası onun işyeri."

"Yaa bırak, ne fake account olacak. Doğrudur o, gerçektir. Bak bu tam o sinsi, saman altından su yürüten profil. İnan bana, bu adamı unutmak için de terapistlere binlerce lira dökmeni istemiyorum. Volkan defterini bile daha kapatamadın zaten ne yenisi?"

O kadar içimi sıkmıştı ki... En yakın arkadaşların bazen gerçekten enerjini emiyor, aşırı korumacı tavır seni boğuyor ve bir daha bir şey anlatmamaya yemin ediyorsun içinden. Aslında yüksek standartlar şeması biraz da bunlar yüzünden oluşuyor. Huzurlu bir ilişki için, gerçek manada birine kendini vermek için, kalbini sonuna kadar açmak için etraftakilerin seslerini biraz kısmak gerekiyor. Aksi halde ilişkini birilerine beğendirmek, onaylarına sunmak, onay almadığında da adama onların gözünden bakıp, sana yaşattıklarını hiçe sayarak harcıyorsun. Sonunda da senden başka kimse mutsuz ve yalnız olmuyor. Kimse senin acını çekmiyor. Mutluluğunu yaşayamadığın ilişkinin acısını uzun uzun çekiyorsun.

Biri bitmeden
diğeri gelmiyor

Geçen senenin en büyük magazin olaylarından biri Türkiye'nin en çok kazanan oyuncusu Hakan Çoban'ın sevgilisine evlenme teklifi etmesiydi. Çünkü kız bunu terk etmişti ve barışmaya hiç niyeti yoktu. Bu Hakan da en büyük beş gazetenin tam orta sayfasına kocaman ilanlar vermişti 'Buse benimle evlen' diye. Uzaktan bakınca nasıl büyük, nasıl romantik olay, "Ne aşk ama!" diyorsun ama bunu bir de kıza sor...

Kız herkesin bayıldığı bir reklam yıldızı olunca ve kendisi de benim çantalara bayılınca bir kahve içmek ve birlikte neler yapabileceğimizi konuşmak için buluştuk. Ben de kızı samimi bulunca işin aslını sordum.

"Ya ne kusursuz aşkı, boşversene. Adam narsistin önde gideni. Beni üç sene boyunca sürekli aldattı, sürekli yalan söyledi, sürekli alkol aldı, aldığı gibi değişti, delirdi, beni evden attı, şiddet uyguladı... Bunları da hep gizledik. Magazinin bizi çektiği zamanlar hep barıştığımız zamanlardı. Zaten çok sürpriz yapardı. Zarfta uçak biletleri gelirdi, evime çiçekler, hediyeler... Ben bir mağazanın önünden geçerken göz ucuyla bir şeye bakayım, o ne olursa olsun, ertesi gün evimdeydi. Bir de böyle ince ve aşık tarafı vardı ve beni hep bu yüzüyle kandırırdı. Ama işte diğer yüzü katlanılır gibi değildi. Dayanmaya çalıştım, kafamda saçkıranlar çıktı, dört tane koca koca boşluk... Reklamların birinde peruk taktım onun yüzünden. Annemler benden çok üzülüyordu halime çünkü kimseyi dinlemiyordum. Sanki gerçek aşk buymuş, kimse yaşamadan anlayamazmış gibi geliyordu."

"Aaa, hiç böyle görünmüyordu. Sonra nasıl bitirebildin?"

"Bir gün beni dövdü. Hem de doğum gününde. Bir arkadaşıyla buna sürpriz hazırlamıştık. Beni ondan kıskanmış birlikte bir şey yaptık diye. O kadar kötüydü ki, hatırlamak istemiyorum bile... Sonra da o ilanlar... Şeytan görsün yüzünü, asla geri dönmedim ona, yurtdışına gittim altı ay, ortadan kayboldum. Sonra orada biriyle tanıştım veee evleniyorum üç ay sonra!"

"Dalga geçiyorsun! Çok sevindim, hayat sürprizlerle dolu yani?"

"Bana herkes söylerdi de bu kadar hızlı olabileceğini düşünmezdim. Birinin hayatına girebilmesi için o bitmeyen ilişkini tamamen, kararlı bir şekilde hayatından çıkartman gerekiyormuş. Ben çok kez ayrıldım ama hiçbirinde bu kadar kararlı değildim. Çok aşıktım, çok küçüktüm, çok özlüyordum ve her ayrıldığımda şiş gözlerle telefon başında bekliyordum arasa da barışsak diye. Sonra ilişki bu hale geldi. Aslında benim yüzümden. Ben çok uzattım. Birlikte olmaması gereken, birbirine uygun olmayan iki insandık esasında da benim bunu anlamam uzun zaman aldı."

"Peki, evlenmeye karar vermek için çok erken değil mi?"

Mükemmel Bir Son

"Yok, değil. Bir ilişki başından belli ediyor kendini. Diğer ilişkim de başında neyse sonunda da oydu. Mesela ilgilenmiyor mu? Sonra da ilgilenmeyecek. Pasif mi? Hep pasif olacak. Sinirli mi? Hiçbir zaman tedavi olmayacağından, hep sinirli olacak. Ama şimdi Bertuğ ile hiç sorun yaşamıyorum. Özel alanlarıma, işime, aileme saygılı. Beni hediyelere boğmuyor ama zaten kendini affettirmesi gereken bir şeyler de yapmıyor. O kadar dengeli ve düzeyli ki 'Ben bunu hak etmiştim' diyorum zaten onu düşündükçe."

"Ya çok acayip, benim de bir türlü bitiremediğim bir ilişkim vardı, düzelir diye beklediğim, çok büyük aşk diye anlattığım... Ama ben de birini bekliyorum beni ondan kurtarması için. Hiç çekip gitmeyi düşünmedim, cesaret edemedim."

"Beklediğin güzel günlerin gelmesi için bunu yapmak zorundasın. Bu senin kendine olan borcun Müge. En basitinden şimdi karar vermezsen bir yazın daha ona gidecek. Koca bir yaz daha gerçek aşkı bulamayacaksın."

Buse'nin yanından ayrıldıktan sonra, Volkan'a veda etmem gerektiğinden emindim. Bana ulaşabileceği her yolu kapattım, sosyal medya hesaplarımdan engelledim. Zaten telefonunu bir kez açmadığımda, bana bir kez ulaşamadığında bir kez daha şansını deneyecek kadar sevmiyordu beni. Hiçbir şeyden emin değildim ama bundan çok emindim.

Gerçeklerin
bir gün ortaya çıkmak
gibi kötü bir huyu vardır

Nil'in ısrarlı aramaları sonucunda pes edip uyandım.

"Müge valla çok özür dilerim ama zor bekledim saba-
ha kadar. Yılın bombasını veriyorum kızım."
"Evet?"
"Bak şimdi, ben bizim Eren'lerle çıkmıştım akşam.
Oben'lerin barındaydık, baya içmişim tabii. Yine en sar-
hoş ben..."

Nil'in sarhoşluk anıları bitmez. Bir gün arar "Artık
sevgilim var" der, bir gün kalkar "Bu aşk bitti" der. Yani
bu kız ne yapsa içki içtikten sonra yapıyor. Bir kere ayık
kafayla bir şey yaptığını görmedim.

"Eee? Şimdi ne oldu acaba, bu seferki ne?"
"Ya işte çok içince klasik Tinder'ı açmışım, bu kafeci
cocuk var ya Orbay..."

Kalbim daraldı. Telefonu yüzüne kapatmak istiyorum. Aynı zamanda da ne oldu ne bitti öğrenmek, mümkünse olumsuz şeyler duymak istiyorum.

"Evet?"

"Ben buna yazdım, hatırlamıyorum yazmışım yani. Açtım baktım neler yazdığıma. Neyse bu da… Ya ben gerizekalıyım kızım. Demiş ki zaten çocuk, 'Kötü bir sürprizim var sana', ben de 'Olsun gel' demişim."

Allah'ım anlatamıyor da, ne yaptın be, adam trans mı çıktı?

"Ya çok karışık anlattım farkındayım da olaylar aydınlandı kafamda. Adam beni tanımamıştı ya, zaten o değilmiş. Yanındaki çalışanmış. İşletmeciyim diyor da, en fazla şef garsondur."
"Aaa o değil miymiş yazıştığın?"

Ne olur bu gelenden hoşlanmış olsun, ne olur…

"Yok işte, adamın Facebook profilini kullanıyormuş. Ama işin kötü tarafı bununla sevgili oldum. Ya kızım çok iyi sevişiyor. Tam benim kafa, bir de çok eğlendik. Ben bunu evden gönderdiğimde sabah beşti. Ben hala uyumadım sana bir an önce anlatmak için, şimdi uyuycam."
"Saat yedi, zaten beni de uyandırdın boş yere. Neyse sevindim senin adına, hadi hayırlı olsun, hadi iyi sabahlar."

Duygularım saniyeler içinde o kadar değişmişti ki, sabah sabah yorulmuştum, uykum da kaçmıştı zaten.

Mükemmel Bir Son

Nasılsa sakin bir gün olacaktı öğleden sonra kestirebilirdim. Belki de Orbay arardı. Acaba sorsam mı çantaları beğendiler mi diye? Yok ya o ne öyle özgüvensiz gibi...

Gerçekten görüşmemizin üzerinden bir hafta geçmişti ama bir kez bile ulaşmamıştı bana. Madem ulaşmayacaktın, neden tanımaya çalıştın, ben niye her şeyinden bir anlam çıkardım, o da ayrı konu gerçi...

Gün içinde o kadar mutluydum ki meğer Orbay'la aramızda hiçbir şey olmasa da Nil'e ihanet ediyor olmak bana büyük dertmiş. Şimdi kendiliğinden çözüldü ne güzel. Çözüldü çözülmesine de, adamla muhabbeti nasıl kursam bilemiyorum ki. Kendime bazı tembihlerim var. Mesela yapışma, mesela biraz ağırdan al, mesela avcı sen olma... Ama Nil de haklı, birini beğendiğinde de nasıl engel olabilir ki insan kendine?

Bu arada yapışmak dediğim an aklıma gelen ilk isim olan Nil'i arayıp sevgilisini ne zaman görmeye gideceğini sordum. Belki peşine takılabilirdim...

"Biraz önce konuştuk biz de. Bu çıkamayacağı için beni çağırdı. Ben de dergi falan okurum artık, biraz görürüm dönerim eve. Gelsene, işin var mı?"
"Ben de sana bir şeyler yapalım mı demek için sormuştum, onunla işin yoksa diye. Neyse o zaman birlikte gidelim bana uyar."

Hemen telefonu kapattım, duşa koştum, bir yandan da Orbay da orada olsun diye dualar ettim. Ama sonra aklıma bir fikir geldi, unuttuğum bir ayrıntı; böyle sürekli karşısına çıkamam ki... En iyisi bugün oraya sadece uğramak.

"Nil, sen kaçta gidelim dedin? İstersen sen git, ben oraya seni almaya gelirim. Çıkarız biraz Galata'daki tasarım mağazalarını gezeriz, olur mu?"
"Olur, ben birazdan çıkıyorum o zaman, sen de iki saat sonra falan gelirsin."

Böylesi daha mantıklı olmuştu. Adam hoşlandıysa zaten aklında kalmışımdır. İki saat sonra gerçek bir pazar kombiniyle ve fresh bir makyajla Orbay'ın mekanının önündeydim. Kapıdan içeriyi görmeye çalıştım ama biraz büyük olduğu için her yere hakim olamadım, içeriye girdim. Bizimki yeni aşkıyla sohbet ediyordu. Beni görünce ayaklandı. Tam o sırada Orbay da başka masada, sonradan blogger olduklarını öğrendiğim kızların tepesinde durmuş mekanından bahsediyordu. Kızların hepsi o kadar süslüydü ki bu kızlara neyi anlatıyordu acaba? Bunlar Galata'ya değil, Nişantaşı'na aitti...

Kafasını çevirip bana selam verdi, hal hatır sordu. Biraz bozulmuştum ama geçti böylelikle. Derken başımdan aşağı kaynar sular döküldü. Kafamı Nil'e doğru çevirdim, şüpheyle bana bakıyordu. Kaşlarını çatıp merakla ve sessizce sordu.

"Siz tanışıyor musunuz?"
"Aaa evet, sana anlatmadım mı? Benden çanta aldı."
"Yoo, anlatmadın, ne zaman?"

Yüzüm alev alev yanıyordu, beynim uyuşmuştu, terlemeye başlamıştım... Ben nasıl bunu hesap etmemiştim?

"Geçen hafta."

"Hangi geçen hafta? Biz gelmeden mi?"

"Yoo, biz geldikten sonra."

Nil'in güveninin kayboluşunu resmen izlemiştim bakışlarında. Artık kocasıyla aynı ortamda tutulmayacak arkadaş olmuştum gözünde, ben bunu ne yapsam düzeltemezdim...

"Ha, haberim yoktu da..."

"Bu arada ben Hakan, merhaba."

"Merhaba, Müge ben de."

O sırada Orbay benim yanıma geldi, belimden tutup öptü. Ulan niye her gece birlikteymişiz gibi davrandın? Elimi sıksana. Her şey üstüme geliyordu, bu işten anca o an oradan aniden yok olarak kurtulabilirdim.

"N'aber? Hoşgeldin. Görüşemedik. Bizimkiler çantalara bayıldı, bir anda ailenin bütün kadınlarını mutlu ettim sayende."

"Çok sevindim. Yok, ben oturmayacağım. Nil'le çıkacaktık, Nil işin bitti mi?"

Orbay'ın bizi bırakmaya niyeti yoktu maalesef.

"Yok öyle hemen gitmek. Sen glutensiz keki çok sevmiştin, hemen getirtiyorum. Hakan, sen de kahveleri tazeletsene. Müge soya sütlü içiyordu sanırım."

Yani başka zaman olsa benim hakkımdaki her şeyi aklında tutan bu adamı ekmek arası yapar yerdim ama o an söylediği her şeyle Nil'in gözünde biraz daha yok oluyordum. "Glutensiz keki sevmiştin"i mi açıklayayım, soya sütsüz kahve içmediğimi bilmesini mi? Ben nereden başlayayım anlatmaya?

Nil sorularla ve hayal kırıklığıyla dolu gözlerle bana bakıyordu.

Hiç açıklama yapmadan oturmalarını bekledim. Böyle şeyleri açıklamaya çalıştıkça batardım çünkü. Olaylar nasıl böyle gelişti ve bu hale geldiyse, eminim bensiz de çözülebilecekti. İkisi de masaya oturduklarında Orbay'ın benim hakkımda öğrendiklerini tekrar etmesine fırsat vermeden Hakan'a döndüm.

"Biz geçen hafta Nil'le kahvaltıya geldiğimizde sen burada mıydın?"
"Yok, sanırım siz çıkar çıkmaz gelmişim. Zaten görsem tanırdım, anlattı mı bilmiyorum Nil."

Al işte, zor durumda kalma sırası Nil'e geçmişti. Hakan'ın hiç çekinmesi falan yoktu.

"Orbay, hani senin hesapla Tinder'da takılıyorum ya. İşte o hesaptan Nil ile konuştum."
"Aaa, yapma, o yüzden mi geçen hafta geldiniz?"

Nil kıpkırmızı olmuştu. Bu kez ben kurtarayım dedim.

"Yoo, biz başka yere geçecektik aslında. Öyle tesadüfen buraya geldik, enteresan oldu."
"E sen beni gördün mü peki Nil?"
"Görmedim sanırım, görsem de tanımam ki uzağı çok iyi göremiyorum."

Ayak mı yapıyor anlamadım ki, konuştu zaten bunlar... Dua et de onunla konuştuğunu gerçekten hatırlamıyor olsun Nil...

"Eee, tesadüfen herkes birbiriyle tanışmış demek ki, ne hoş."

Nil de laf mı soktu, gerçekten mi tesadüflerden bahsetti hiç anlamadım ama o gün kazasız belasız biterse bir daha hiçbir arkadaşıma yamuk yapmamaya yemin ettim.

Orbay o kadar iş odaklıydı ki ya da –bunu sonradan kanıtlayabilirdim- o kadar sinsiydi ki, hep iş üzerinden benimle muhabbete giriyordu.

"Müge, senin ürün fotoğrafların çok iyi. Ben de bizim Instagram hesabına menüdekileri koymak için iyi bir fotoğrafçı arıyorum. Var mı çevrende? Ya da senin fotoğrafçın çekebilir mi?"
"Bilemiyorum, sorarım. Vardır onun çevresi. Ben sana yarın haber veririm, kontak bilgisi falan da veririm. Anlaşırsanız çektirirsiniz fotoğrafları."

Keşke Nil'in yerinde başka bir arkadaşım olsaydı da, yorumlatabilseydim benden hoşlandığı için mi yoksa tamamen iş için mi böyle sorular sorduğunu ama Nil vardı. Neyse ki tazecik bir aşıktı ve bana artık o kadar da kötü bakmıyordu. Oradan çıktığımızda sessizce ilk cümlesini bekledim. Dükkandan epey uzaklaştıktan sonra konuşmaya başladı.

"Anlat bakalım şimdi en baştan, benim kafamda oturmadı hiçbir şey. Yani hangi noktada bana haber vermekten vazgeçtin ya da üşendin ya da saklamayı uygun gördün?"

"Ya üşendim açıkçası. Tinder'dan tanıştığın adamın peşine çok da düşmeye gerek yok diye düşündüm. Geçen hafta ben çıkmadan önce tuvalete gittim ya, o zaman bana çantamı sordu. Ben de kendi tasarımım olduğunu söyleyip kartımı uzattım. Bir-iki gün sonra baya on tane çanta aldı. Kargolamamamı, yolum düşerse bırakmamı rica etti. Ben de toplantım olan bir gün geldim bıraktım. O gün de bir şeyler ikram etti, işte bugünkü kekten falan... O kadar zaten başka muhabbetimiz de olmadı."

"Valla öyle bir konuşuyor ve davranıyor ki, herhalde her gün birliktelerdi dedim."

"Yok, ben de şaşırdım. Öyle samimi olmalık bir durumumuz yok. Mekancılık böyle bir şey galiba."

"Neyse, zaten Hakan'la yan yana geldiklerinde de iyi ki fake hesapmış dedim. Yürür mü sana bilmiyorum da, yürürse sen de istersen beni düşünme. Ben zaten hiç konuşmamışım ki adamla. Sadece o an benden gizlediğin bilginin büyüklüğünü düşündüm ve şaşırdım. Ama adam dengesizmiş demek ki."

"Ya yok, senden ne gizleyeceğim? Valla mesleki olarak yardım isteyeceği için de bana samimi davranıyor olabilir. Her zaman işinin düşeceğini mi düşünüyor anlamadım ki."

Kendimi akladıktan sonra planladığımız gibi tasarım dükkanlarını gezdik. Diğer çantaları inceledim, yeni sezon için yeni fikirler düşündüm ve ayrıldık. Bu gecenin böyle huzurlu bitmesi, aklıma gelen en son şeydi gerçekten. Ne kadar şükrettim, ben bile bilmiyorum.

Müge neden hazır asker?

Yataktan zıpladığım gibi fotoğrafçımı arayıp güzel yemek fotoğrafı çeken bir arkadaşı var mı diye soruşturdum. Verdiği numarayı da akşamüstü Orbay'a ilettim. Akşama kadar nasıl dayandım bir ben biliyorum ama. Çünkü terapistim bana "Müge neden hazır asker? Neden hep müsait?" demişti. Ben de sabahın köründe görev bilinciyle numarayı bulsam da göndermek için akşamı bekledim. Ama asıl yapmam gereken bu değildi, kendi işlerimi tamamen bitirdiğimde başkasının işlerine odaklanmaktı. Neyse, bu da bir adım. En azından başkalarına yoğun gözüktüm diye düşünerek kendimi avuttum. Orbay'dan ise 'daha meşgul' bir cevap geldi. Üstelik benim mesajımdan tam bir saat kırk iki dakika sonra.

"Müge, çok teşekkürler. Yarın ya da çarşamba arayacağım kendisini. Bugün biraz yoğunum. Bu arada n'aber? Buralardaysan uğrasana."

Düşünce balonumun içindeki terapistim ne yaparsam yapayım sürekli kafasını onaylamaz onaylamaz sallayacak gibiydi. O kadar para döküyorsam, onu dinlemek zorundaydım.

"*Bugün benim de biraz yoğun. Maalesef biraz bilgisayar başında çalışmam gereken bir günümdeyim. Akşam ondan önce bitmeyecek gibi. Çok teşekkürler davet için, başka zaman...*"

Olabilecek en cool cevabı verdiğime inanıyordum. Kapı açık gibi de, kapalı gibi de. Meşgulüm, işim de sandığın kadar rahat değil. Tüm bunları bir mesajda toplamıştım işte.

"*Benim de on gibi bitecek, alayım mı seni işim bitince? Bir şeyler içer miyiz?*"

Aaa, çıkma teklifi, resmen çıkma teklifi. E madem benimle bir şeyler yapmak istiyordun ben mesaj atınca mı aklına geldi bu? Saçma. Böyle kapalı kutuları asla çözemiyorum.

"*Olur, konum gönderiyorum o zaman. Yaklaşınca haber verirsin.*"

Saat nasıl geçecek diye düşünürken, asla yapmamam gereken tek şeyi düşündüm; sarhoş olmak. Bu kez adamı ilk görüşümde sarhoş olmamalıyım. Gerginliğimi alması için bir relax çay demledikten sonra bu sıcak yaz akşamına uygun ne giysem diye düşünüp incecik bir tulum seçtim. Sonra duş, sonra hazırlıklar ve sonra bir tekrar daha:

- Adamın her hareketinden anlam çıkarmak yok.

- Diyelim ki öldün bittin, yine de öpüşmek bile yok.

Mükemmel Bir Son

- İçkiye dayanıksızsın, sarhoş olmak yok.

- İlişkilerini sormak yok, didiklemek yok, trip yapar gibi olmak yok. O surat asılmayacak. Havadan sudan bahsedilecek.

- Eskileri anlatmak, durup dururken eski ilişkilerinin bitişinden ve intikam anılarından bahsetmek zaten yok.

- Gevezesin. Bir kez de geveze olmamayı dene.

Beni almaya geldiğinde üç bardak melisa çayını bitirdiğimden, heyecanı bırak uykum bile gelmişti. O kocaman arabasının arka koltuğunda kese kağıdından bir poşet vardı. "Ne var içinde?" demek olmaz diye sustum. O kadar arkadaşça gülümsüyor ve konuşuyordum ki tam bir komşu kızı olmama ramak kalmıştı.

"Nereye gidiyoruz bu arada?"
"Maçka Parkı'nda gece pikniği diye düşündüm aslında. Sana da sormadım ama. Çok bunaldım. Hem sen de bilgisayar başındaymışsın bütün gün. Rahatlarız biraz. Ama istemezsen başka bir yere de geçebiliriz."
"Yoo, bana uyar, severim parkı."
"Bu arada saat artık geç olduğundan içki satışı da olmaz diye dokuz gibi içkiyi alıp dolaba koydum bile. Biraz soğudu en azından. Blush seversin diye düşündüm, umarım seviyorsundur."

Arabayı kullanan kaslı kollarına baktım, baktım... Güya içki içmeyecektim. Evdeki hesap anca bu kadar çarşıya uymazdı.

"Severim çok iyi yapmışsın. Bana da söyleseydin bir şeyler hazırlardım ben de."

"Hazırlamadım ki zaten. Dükkandan tuzlu bir şeyler koydum falan, yeter herhalde. Yetmezse de alırız."

Maçka Parkı benim eve o kadar yakındı ki hemen arabayı park etti. Parka doğru yürümeye başladık. Önümüzde üç kız vardı ve ikisi dönüp dönüp Orbay'a bakıyordu. İçimden "Tinder kullanıcıları kendini belli ediyor" diye düşünmeye başladım, keyiflendim ama Orbay beni iç sesimle baş başa bırakmadı.

"Şunları geçelim mi?"

Cevabını bildiğim soruları sormaktan hoşlanırım...

"Tinder'cılar mı bunlar da? Off o fake account ile ilgili kesin çok anın vardır."

"Hayır hayır, eski nişanlımdı arkamızdaki."

O an yaşadığım şok tarifsizdi. Yüzüme çat diye bir kapı kapanmış gibiydi. Nasıl anlatayım? Kızla yakın bir zaman önce ayrıldıklarını hissettim o dakika.

"Yeni mi ayrıldınız?" dedim sessizce.

"Bir ay oldu. Ben yurtdışındayken birlikteydik. O gelirdi yanıma, ben buraya gelirdim. Öyle uzak ilişki gibi değildi çok. Neyse uzun hikaye... Buraya gelince bitti işte, anlaşamadık."

Ya içime ne kadar büyük bir kurt düştüğünden haberin var mı senin? Adam birden gerildi, daraldı, terledi... Yanında olmasaydım ne yapacaktı acaba? Kesin bunları görür görmez kaçardı. Bu adamda aksini yapacak kadar güç yok çünkü.

"Nereye geçelim Müge, şu ilerisi nasıl? Ne kalabalık ne de ıssız. Aydınlık da hem?
"Olur olur, gidelim."

O kadar tadım kaçmıştı ki, gerçekten "Gidelim de bitsin artık" diyordum içimden. Yanında getirdiği iki kese kağıdından birini benim altıma, diğerini de kendi altına koydu. Şarabı açtı, plastik bardakları doldurdu. Ama gitmeyi teklif edip rahat olmasını istedim.

"Sen çok iyi görünmüyorsun. Geldik diye de kalmak zorunda değiliz. İstersen gidelim, başka zaman geliriz?"
"Hayır hayır, sandığın gibi değil. Biliyorum çok farklı gözüküyor oradan ama ben aslında kurtulmaya çalışıyorum. İşyerime ve evime gelmiyor ama öfkeli mailler ve mesajlar atıyor sürekli. Kendimi suçlu hissetmemi sağlıyordu başlarda ama artık gerçekten umurumda değil."
"Ne oldu ki? Aldatma falan mı?"
"Hayır. İnanmayacaksın ama bir sabah uyandım ve bitti. Artık özgür olmak istiyordum. Sadece onunla değil, başkasıyla da olmak istemiyordum. Tabii akşam akşam bizi görmesi hoş olmadı, şu an pek inandırıcı görünmüyorum bence. "
"Evet, kötü olmuş o zaman."

Yahu kimseyle olmak istemiyorsan neden vaktimi alıyorsun diye düşündüm ki, terapistimin "Belki de siz hoşlanmayacaksınız, neden ilk günden hesap-kitap?" dediğini duyar gibi oldum. Aynen öyle, belki yatakta kötü, belki ilişkide ilgisiz. Al işte en kabus ayrılık şeklini de yaşatmış kıza… Zaten uzun ilişkiler öyle hemen bitmez, ben de bunun hayatına öyle çabuk giremem. Belki de yol yakınken yarın öbür gün kıza geri döner.

"Neden suratın asıldı senin? Gerçekten çok özür dilerim. Saçma oldu senin için de bu durum biliyorum. Gel başka şeylerden bahsedelim. Anlatsana mesela işler güçler nasıl gidiyor?"

"İyi, bu ara biraz yoğunluk var. Benim açımdan da site açısından da. Bir yaz kampanyası yaptım, önümüzdeki hafta küçük bir indirim olacak sitede. O zaman daha fazla hareket olacak tabii ama memnunum bundan."

"Süper, bizde de çarşamba günü bir derginin bir markayla kahvaltı event'i olacakmış. Yarın biraz hazırlık yapacağız. Çarşamba akşamı bugünü telafi etmek için sinemaya götürsem seni?"

Off gerçekten kabusa dönmeye başladı bu iş. O küçük beyninden geçeni o kadar iyi okuyorum ki… Kendini yalnız hissettin ve bana tutundun. Şu an yerimde kim olsa ona tutunurdun zaten. İstemiyorum sinema falan arkadaşım, uzak dur…

"Bugünün telafi edilmelik bir şeyi yok yahu. Takma kafana, olur öyle."

Elimdeki şarabı bir dikişte içişim bu söylediğimi pek desteklemiyordu tabii…

"Yok, içim rahat etmedi benim. Aslında sana çaktırmamalıydım ama şok oldum o an, hiç beklemiyordum."

Mükemmel Bir Son

Yani gerçekten şuradan ayrılmak için dakikaları say-
maya başlayacaktım neredeyse. Hiç cevap vermeden
bardağımı doldurdum. O da konuyu değiştirdi neyse
ki...

"Çocukluğunu anlatsana Müge. Mesela sessiz sakin
miydin? Yaramaz mıydın?"
"Bayağı sessizdim. O kadar sessiz sakindim ki beni bir
yerde unuturlar sonra da gelip bıraktıkları yerden alırlar-
dı."
"Aaa? Beni de bir keresinde unutmuşlardı. Ama ailem
değil, arkadaşlarım unutmuştu çağırmayı. Öyle akşama
kadar çağrılmayı beklemiştim ben de hiç istifimi bozma-
dan."

Küçük ve ezik halini hayal ettim ve dakikalarca gül-
düm. Ne hayal ettiğimi anladı mı bilmiyorum ama o da
bana bakıp bakıp gülüyordu. Sonra onunkinden daha
saçma bir çocukluk anısıyla devam ettim.

"Ya ben dışarıda annemin elini bırakıp başka birinin
elini tutarak yola devam ettiğimi kadın beni fark edince
anlamıştım. Hadi ben salağım, sen neden bu çocuğu fark
etmedin kadın?"

Daha anlatırken koptum. Zaten ilk kadehi hızlı iç-
menin de etkisiyle her tepkiyi abartabilecek haldeydim.
Neyse ki o kötü hava dağılmıştı artık.

"Büyüyünce nasıl akıllı bir kadın oldun peki? Bir şey
oldu herhalde, bir kırılma noktası falan?

Nasıl beyefendi, nasıl tatlı, nasıl naif bir adamdı bu. Ne güzel iltifat ediyordu böyle laf arasında... İltifatı kabul etmek de hiç beceremediğim şeydir, dümdüz devam ettim konuşmaya.

"Bilmiyorum ki, o kırılma noktası herhalde ergenlik oluyor. Ergenlikte korkunç bir çocuktum çünkü. "

"Oturtamadım hiç seni öyle bir ergenliğe. Hep böyle güvenilir ve güçlüymüşsün gibi, hiç huysuzluğu hayal edemedim sende mesela."

"Yani dünyanın en sakin insanı değilim elbette ama durup dururken huysuzluk da yapmam."

Bir insan nasıl bu kadar rahatlayabilirdi bir anda? İçkinin böyle bir gücü mü vardı yoksa adam kendine bu kadar kolay hakim olabiliyor muydu? Karşısındaki insanı sinirden çatlatır böyleleri. Eminim kız şu an sinirden ölüyordur. Işık hızıyla Orbay'ın tüm hesaplarına bakmıştır. Stalk yüzünden kimseyle muhatap olmuyordur bence bizi gördüğünden beri. Acaba kız ne kadar kolay ulaşabiliyor buna? Orbay onun attığı mesajlara, maillere cevap veriyor mu? Vermiyorsa ne zamandan beri vermiyor? Öğrenmek için deliriyorum, en önemli cevaplar bunlarken neden çocukluğuma indik anlamadım zaten... Bu arada Orbay kendi merak ettiklerini sormaya devam ediyordu.

"Peki sana bir soru, dün Nil neden bozuldu o an?"

Kaçmamış gözünden çakalın. Gerçekten seninle Nil dedikodusu mu yapmamı bekliyorsun Orbay?

"Öyle mi oldu? Ne zaman bozuldu fark etmedim?"

Mükemmel Bir Son

"Yapma, sen bile panik oldun. Tanışmamıza mı bozuldu o?"

Zeki adamları sevmiyorum. Bu kadar zekisine en ufak bir yalan söyleyemiyor, hatta sürpriz bile yapamıyorsun. İzin vermediği sürece gizem yaratmak hayal zaten...

"Ben de panik olmadım, neye panik olayım? Dün ben yokmuşum gibi konuşuyorsun. Ben de bizim ne halde olduğumuzu senden öğreniyorum sanki... Keşke bunları düşündüğün an sorsaydın şimdi nereden bileyim neyi nasıl anladığını..."
"Peki, öyle olsun o zaman, ben yanlış anlamışım... Şarap bitti, yiyeceklere dokunmadık bile. Kalkalım mı? Ben sabah biraz erken kalkacağım."

Zaten bana bunu sorarken doğrulup elini uzatmıştı bile kalkmam için. Toparlandık, arabaya gittik. Yolda hiç konuşmadık. İki dakikada evimin önüne gelmiştik.

"Her şeye rağmen güzel bir geceydi bence. Ben çok keyif aldım. Çok teşekkürler bana eşlik ettiğin için."

Belimden tutup yanağımdan öptü. Bu flörtöz yaklaşıma biraz soğuk bir cevap vermek zorundaydım, üzgünüm.

"Ben de öyle. Ben teşekkür ederim. Konuşuruz."

Araba tam da olması gerektiği gibi ben apartmana girene kadar kapıda bekledi. Dönüp el salladım, apartmandan içeri girdim. En kötü haber herhalde bu korkunç gecenin çok tatlı bir geceye dönüşmesinin sonucunda benim bu adamdan epey hoşlanmam oldu.

Bir 'geçmiş olsun'unuzu alırım.

Her arkadaşlığın bir başı,
bir de bitiş bahanesi vardır

Ertesi sabah inanılmaz bir vicdan azabıyla uyandım. Nil ile sorunlarımızı halletmiştik aslında ama bana hiç mesaj atmamıştı o günden beri. Normalde arar, yazar, hiç boş bırakmazdı. Aslında henüz sevgili yapmıştı, elbet onun da heyecanı vardı. Ben yine de o negatif enerjiyi hissettim ve dayanamayıp aradım.

"Nilikom, n'aber?"
"İyidir Müge, sen?"
"İyi ben de. N'apıyorsun?"
"TV izliyorum."
"Nasıl gidiyor seninkiyle?"
"İyi, akşam bendeydi, sabah gitti kafeye."
"Ben de dün akşam Orbay'laydım."
"Heh, zaten bir şey anlatmak ve vicdan rahatlatmak için aradığın belliydi."
"Niye aramıyım? Sen benim yakın arkadaşımsın, tabii ki ne olursa sana anlatıcam."
"Ne olursa? Valla işine gelmeyince saklıyorsun ama işte bir şekilde çıkıyor karşıma."

"Neyse Nil, şimdi konuşmayalım. Gerçekten saçma bir yöne gidiyor bu konuşma. Gereksiz suçlamalar falan..."

Ne söyleyeceğini bile dinlemeden telefonu yüzüne kapattım. Yine tam haklıyken haksız duruma düşmeyi başardım. Aslında ararken zaten vicdan yapıyordum. Yaptığım hatanın ben de farkındaydım ama geçmişi değiştiremiyordum ve şimdiyi anlatmak, dünün kritiğini yapmak, o gün Orbay'ın her şeyi anladığını anlatıp, inkar ettiğimi söyleyip, Hakan'ın da ona sorup sormadığını öğrenip, aramızın da iyi olduğundan emin olup, güne devam ederim demiştim.

Ne yapacağımı hiç bilmiyordum ama bunu da anlatmak için Yeliz'i arayamazdım. Yeliz şimdi bir başlardı bir erkeğin iki kadını nasıl birbirine düşürdüğünden, bir de onunla uğraşamazdım. Epeydir ertelediğim o kadar çok işim vardı ki onlara başlamadan önce bir kahve içip bu konuyu kapatmalıydım.

Akşam olmuştu, işlerimi bitirmiş, kargolarımı vermiş, TV'de kadın programlarına bakıyordum. Telefonum çaldı, arayan Nil'di. İsteksizce açtım telefonu ve konuşmasını bekledim.

"Müge, kusura bakma sabah için ama ben affedemiyorum bir türlü. Biliyorum çok abarttım ama ben kendimi biliyorum. Bu bende paranoyaya dönüşür ve kimi beğensem, kimle olsam acaba sen bir şey biliyorsun da bana söylemedin mi diye düşünürüm. Biliyorsun senin de ilişki geçmişin tertemiz değil."

"Ne alakası var benim eski sevgilimle bu olayın? Bu çocuk senin sevgilin değil ki, konuştuğun kişi bile o değil.

Mükemmel Bir Son

Bence sen bahane arıyorsun bana yüklenmeye ama bunu haklı çıkartmak için eskilerimi açman hiç hoşuma gitmedi. Çok konuşmak istemiyorum. İstersen biraz sakinleşelim, sonra konuşuruz."

İlişki geçmişimin temiz olmaması mevzusu da şu: Başar'la o dönem yakın olduğum bir arkadaşım aracılığıyla tanışmıştık. O dönem o arkadaşımın sevgilisiydi Başar, beni de model ararken tanıştırmıştı arkadaşım. Ben ona modellik yaptım, tanışmış olduk. Sonra bunlar ayrıldılar arkadaşımla, arkadaşım da başkasına aşık oldu ve onun için Ankara'ya taşındı. Başar'la birkaç buluşmamızdan sonra da ilişkimiz başladı. Doğru, hoş değildi. Ben de olsam benden şüphe duyardım ama o kız da mutluydu kendi ilişkisinde ben de mutluydum Başar'la. Ayrıca hepimiz ilk gençlik yıllarımızda hatalar yapıyoruz. Büyüdük artık, eskilerle yargılanmak neden?

Kendimi suçlu hissetmiyordum artık, aksine Nil'e epey öfkelenmiştim. Zamanında yaptığın bir hatanın ısıtılıp ısıtılıp önüne çıkartılması dostluğa sığmazdı.

Bana aşkı kim öğretmiş?

Açıkhava sinemasına uygun giyinmiş, hadi oldu da eserse diye üzerime giyeceğim hırkayı bile almış kapıda bekliyordum. Yaptığı planlar lafta kalmadığında karşımdaki insan benim için on adım önde oluyor diğerlerinden. Dün hiç konuşmasak da bu sabah planımızı teyit için mesaj attı. Bense uzun zaman sonra telefonumda bir mesaj görerek uyanmanın mutluluğunu yaşadım doya doya.

Aslında istediğim ve kendimi uygun gördüğüm tek ilişki türü görür görmez aşık olunan, o andan itibaren sürekli iletişimde kalınan ve mümkün olan her fırsatta görüşülen tür. Fakat bu en sağlıksız ilişki türü, tecrübeyle sabit. Zaten benim de karşıma genel olarak bu istediğimin tam tersini yapan, ağır ağır ilerlemekten hoşlanan –sağlıklı- adamlar çıkıyor. Önce emin adımlar atmak istemesini kalıcı ilişkiler kurmayı tercih etmesine bağlıyor, bu benim de yararıma diyorum ama bu sabırlı halim bana en fazla bir hafta eşlik ettiğinden, bir hafta sonunda hevesim ve tadım kaçmış oluyor. Başkalarından ilgi bekliyorum, başkalarıyla flört ediyorum ve bunun da benim ihtiyacım olduğunu düşünüyorum...

Mükemmel Bir Son

Geldiğinde her zamanki gibi öyle dinlenmiş, öyle tazelenmiş ve öyle mutlu görünüyordu ki onu her gördüğümde olduğu gibi yine kadınlığımdan utandım ve arabaya atladım. Bu kez öncekilerden daha yakışıklı gibiydi. Yine döner vitrinine ekmek banacaktım belli ki bu gece de. Bir öpücük bile çok uzaktaydı, dostane yaklaşımından yine anlayacağımı anlamıştım...Güzel müzikli, güzel kokulu temiz arabasını bana bakıp bakıp gülümseyerek kullanıyordu. Üçüncü kez aynı şey olunca daha fazla dayanamadım.

"N'oluyor?"
"Ne?"

Yine bakıp sırıttı.

"Bu! Niye bakıp bakıp gülüyorsun?"
"Bilmem, mutlu hissettim yanımda seni görünce."

Hiçbir şey söyleyemedim ama o döner vitrininin pencereleri bana açıldı galiba o an.

Eskiden olsa, "Nasıl yani, anlatsana" diye darlardım ama artık bu tarz şımarıklıklarla ve sabırsızlıkla adamların üstüne gitmemeye kararlıydım. Tabii bakalım buna ne kadar dayanacaktım...

Zaten yollar hep kısa sürdüğünden Bomontiada'ya varmıştık bile. Film başlayana kadar biraz ürperdiğim için hırkamı giymiştim. İkimize de birer bira ve büyük bir patlamış mısır alıp geldikten sonra filmin reklamları dönmeye başlamıştı. Zaten bir tane aldığı koca patlamış mısırı benim kucağıma koyduktan sonra uzanıp uzanıp yerken içimden sürekli "Ben sevmiyorum. Sen bence bunu al, sürekli uzanma" demek geçti. Kendimi son anda engelledim. Çünkü benim dürüstlük ve yardımseverlik olarak düşündüğüm şey muhtemelen karşı tarafa "Senden o kadar hoşlanmıyorum ki..." olarak gidecekti ve bu mesaja gerçekten hiç ihtiyacımız yoktu. Her adımımı düşünerek atmalıydım.

Dayanamayıp ben de bir-iki kez yiyeyim dedim. Bu kucağa mısır koyma işi ilk kimin aklına geldiyse ve bu flört dünyasına bunu kim soktuysa ona saygılarımı gönderdim. O kutunun içinde eller ne güzel kavuşuyormuş, ilk dokunuş meğer o mısırın dandik ve yağlı karton kutusunda oluyormuş. Ben neden her sinemaya gidişimde kim sorsa yüzümü ekşitip yalvarır gibi "Mısır alma bana ben hiç sevmem" diyormuşum?

Kaybettiğim yıllara üzülüp, sinemada mısırsız harcadığım first date'lere yanarken filmi epey kaçırdım ve soluma dönüp onu izledim biraz. Bana birkaç saniye kendisini izleme fırsatı verdikten sonra, hiç kafasını çevirmeden burnumdan makas aldı. O eski flörtler, o utangaç işler ne güzel şeylermiş. Ben ne kerizmişim. İlk geceden niye yatıyormuşum bu adamlarla? Bana aşkı hangi beceriksiz öğretmiş?

Sonunda ara verildi ve yanımız yöremiz biraz boşaldı. Mısırdan da tek bir tane kalmadı tabii. İki bira daha kapıp geldi Orbay.

"Ne dönüyor kafada sürekli senin? Hiç yanımda değilsin gibi."

"Ya çok saçma şeyler düşünüyorum arada, sonra da unutuyorum. Buna engel olamıyorum işin kötü yanı. Yani o an soracaksın ki cevap vereyim, geç kaldın."

Eskiden olsa hemen kafamdakileri dökerdim ve bunun sempatik ve gerçekçi olacağını düşünürdüm. Maalesef ilişkilerde gerçeklik değil gizem kazanıyormuş, ben daha yeni anladım bunu. Yani durup dururken "Sinemada date esnasında yenilen mısırın çiftleri yakınlaştırdığını şu an keşfettim. Sonra eskilere yanmaya başladım, 'Ne olur bana mısır alma' diye yalvardığım için kendime bir kez daha sövdüm sonra da bu romantik buluşmanın keyfini çıkardım. Düşünsene, ilişkiler neden ilk geceden yatarak başlıyor ki, böylesi ne tatlıymış bak" falan diyecektim adama eski kafam olsaydı. Sonra da otuz saniyelik bu konuşmayla ölü doğan bir ilişkiye daha imzamı atacak, sonraki günler kızlarla telefon başında çürüyecek, "Neden olmadı her şey mükemmelken?" diye kafamı duvarlara vuracaktım.

Neden olmadı? Çünkü bunun bir date olduğunu söyleyerek o buluşmaya isim koyuyorsun.

Neden olmadı? Çünkü hala onun yanındayken, eskiden kaçırdığını düşündüğün fırsatları hesaplamaya daldığını adama söylüyorsun.

Neden olmadı? Çünkü kaç kişiyle sinemaya gittiğini söyleyerek kendini özel hissetmesine engel oluyorsun.

Neden olmadı? Açık açık "İlk kez böyle bir buluşma yaşıyorum bana kalsa ilk geceden yatmıştık" diyorsun.

Şu yaşıma kadar hayattan çok bir şey öğrendiğim ve büyük dersler çıkardığım söylenemez. Ama herkes bu kadar mutluysa ve sen bir türlü dikiş tutturamıyorsan, yaptıklarını bir daha yapmaman gereken günler gelmiş demektir.

Mükemmel Bir Son

Ateş edecek misin?

Sinemanın ertesi günü evde kös kös oturmaya ve kadın programları izlemeye karar vermiştim. Bu sayede bir sonraki buluşmayı iple çekmeyecektim, heyecanlanmayacaktım, hayaller kurup beklentimi yüksek tutmayacaktım. Ama omzumdaki şeytan da sürekli "Hafta sonu rakı, date demektir. Hatta daha date olamazdı bir buluşma" diyordu. O şeytana inanırsam işim yaştı tabii...

Hayatıma giren bütün erkekler spontane görüşmelerden, yemeklerden, kahve ve içki içmelerden ve böyle başlayan ilişkilerden hoşlanıyordu. Tanıdığım tüm kadınlarsa planlı hayattan. Sebebi çok basitti, günlük hayatımızda dantelli iç çamaşırı giymiyorduk, date'ten hemen önce alınan duştan başka temizliğe inanmıyorduk ve işte güzel kokulu vücut losyonlarımızı falan da böyle günlerde kullanmak için saklıyorduk. Ve böyle bir hayata da dışarıdayken birden "Hadi buluşalım" demeler uygun olmuyordu. Erkeklerinse böyle dertleri yoktu ve bizi anlamaya hiç yanaşmıyorlardı.

Bugün duş almayayım da saçlarım kendi yağıyla beslensin dediğim her an olduğu gibi o an da telefonum acı

acı çaldı. Ekrana bakıp Orbay'ın aradığını görünce biraz şaşırdım ve sonunda telefonda konuşma aşamasına geçebildiğimiz için de sevindim. Telefonda konuşma aşaması, bir flörtün gelebileceği en son aşamadır. Çekinecek bir şey kalmadı manasına gelir çünkü.

"Hello Orbay."

"Alo?" dememi bekliyordu sanırım, biraz duraksadı niyeyse.

"Hello... N'aber?"

"İyiyim, sen?"

"İyiyim. Şey diyecektim, ben biraz orman havası almak istedim. Çok zamansız oldu, önceden haber vermek isterdim tabii ama uygunsan gelsene sen de benimle. Biraz yürüyelim, temiz hava alalım."

"Belgrad mı? Oluuur. Ne zamandan bahsediyoruz bu arada?"

"On beş dakikaya hazır olabilir misin?"

Ne yapıyor bu? Vücudunda oksijen mi bitti acaba? Niye daraldı birden? Kesin eski sevgilisiyle ilgili bir şeyler oldu, kendini nereye atacağını şaşırdı. Ve yine bana tutundu.

"E olurum tabii, tamamdır. On beş dakika sonra görüşürüz"

Ne saçım kendi yağıyla beslenebilirdi, ne ben rahata erebilirdim bunda bu eski sevgili varken... Hemen bir kuru şampuanla tüm saçımın yağını aldım. İki dakikada makyaj yaptım ve makyaj yaparken de ne giyeceğimi düşündüm ama bulamadım. Bu arada Orbay çoktan geldi evin önünde duramadığı için de üç kez evin etrafında dönmek zorunda kaldı. Üzgünüm, son dakika insanı değildim ama bunu ona söylemek için çok erkendi. Bu acı deneyimle anladı neyse ki...

Arabaya bindiğimde hiç de öyle yıkılmış, acil hava alması gereken birini bulmamıştım karşımda. Tamamen keyfi öyle istemişti. Hatta o kadar keyfiydi ki arabanın arkasında bu defa yerde iki koltuk arasına sıkıştırılmış bir termos dolusu kahve ve yine yiyecek bir şeylerin olduğu torba vardı.

"Orbaycım, canın çok acil piknik mi çekti senin? Yani ben de şehir hayatı seni daralttı, iş stresi mahvetti herhalde falan dedim."

Cümlemi bitirmeden gülmeye başlamıştı. Ne güzel gülüyordu, salaklığımı yüzüme vurur gibi.

"Yaa aslında şimdi böyle tatsız bir yerden girmek istemem konuya ama düşündüm, bizim Maçka pikniğinin hiç içime sinmediğini fark ettim. Ne yapsam ne yapsam dedim. Hemen onun yerine bir piknik organize edeyim dedim. Haklısın şaşırmakta ama günün ortasında ormana koşuya gidilir mi? Koşuya sabah gidilir bence."

"Koşu değil de, yürüyelim demiştin aslında. Neyse artık, iyi düşünmüşsün. Bugün benim de hiç işim yoktu. Kendi kendime bugünü tatil ilan etmiştim."

Virajlar midemi bulandırsa da, Belgrad Ormanı'na giden yoldan –zaten- hiçbir zaman hoşlanmamış olsam da hiç şikayet etmedim. Sessizce onu izledim, müzik dinledim. Güzel ama biraz da tuhaf bir adamla birlikte olduğumu düşündüm.

Masaların olduğu yere doğru ilerlerken gün içinde birkaç aileden başka kimsenin orayı tercih etmediğini düşündüm. O aileler de orada olmaktan çok memnun değillermiş gibilerdi.

Babam evden gitmeden önce birkaç kez pikniğe gitmiştik. Hepsi de birileri pikniğe çağırdığı için aile dostlarıyla gidilenlerdendi. Her seferinde annemle babam tartışmış olurdu. Annem ağlardı bense anneme arabanın arkasında benimle oturabileceğini, böylece babama pek yakın olmayacağını söylerdim. Aileyle olan piknik anılarım genellikle böyle tatsız olurken arkadaşlarımla gidilen piknikler o eski günlerin de acısını çıkartırcasına renkli olmuştu hep.

Ve sonunda gerçekten arzuladığım adam, bir erkekten beklenmeyecek kadar piknik sever çıkmıştı. İlişkinin başında böyle kibar yaklaşıp, piknik sever deyip, ileride arkadaşlarıma anlatırken arkasından 'piknik tüpü' diyerek bu sevdasıyla acımasızca dalga geçeceğimi o an bile tahmin edebiliyordum.

Kafenin en güzel kupalarını almıştı yanına. Bademli biscotti ve mis gibi bir de brownie çıkardı poşetten. O çirkin tahta masayı yerleştirdiği peçeteyle ve getirdiği güzel kaplarla bir anda bir fotoğraf karesine çevirdi. Bir erkekten hiç beklenmeyecek kadar yetenekliydi elini attığı her işte.

"Eee anlat, ne düşünüyorsun? Nasılsın? Nasıl hissediyorsun?"

"Valla şu an şaşkınım aslında. Burayı hem de bir piknik örtüsü bile olmadan nasıl bu kadar güzelleştirebildin, hayret ettim."

"Bilmem, öyle çok da bir şey yapmadım. Sen bence ne yapsam beğeniyorsun. Olsun ama ben de senin her yaptığını beğeniyorum. Güzel oluyor karşılıklı."

Cümlesi biter bitmez göz kırptı ve kahvesinden bir yudum alıp uzaklara baktı.

"Eski sevgilin aradı mı o günden sonra? Merak ettim."

Birden nasıl ağzımdan çıktı bu, nasıl aniden sordum ben de anlamadım ama artık pişman olmanın bir faydası yoktu bana. Ne düşündüğünü, ne hissettiğini kavrayamadım. Dönüp bana baktı. Kahvesinden bir yudum aldı ve yutar yutmaz konuşmaya başladı.

"Ya evet, o gece mesaj atmış bana. Saçma sapan bir mesaj. 'Allah mesut etsin' mi ne demiş. Okudum sildim yine. Konuşmaya, açıklamaya bile değmez."

"Aslında haklı böyle düşünmekte... Yani ben de olsam muhtemelen aynı derecede bozulurdum."

"İntikam mı alırdın?"

Gülümsedi. Hayır, bu samimi ortama güvenip geçmişi ortaya dökmemem gerektiğini bilecek kadar ayıktı kafam.

"Yoo, bilmem... Bilmiyorum... Ne dese, ne zannetse haklı işte. Gerisine karışmam, kendi aranızda halledin."

Panikle ve gülümseyerek cümlemi bitirip, kahvemi de her panik olduğum anda olduğu gibi bir dikişte içtim.

Duygularını saklama kursu diye bir şey varsa gitmem şart olmuştu gerçekten.

"Müge, sanki seni tanımak, çözmek, anlamak çok zor olacakmış gibi hissediyorum. Sanki duvarların varmış gibi. Sanki gerçekleri ve gerçek seni benden saklıyormuşsun gibi hissediyorum. Hak da veriyorum herkese hemen içini açamazsın ama biraz seni görmeme izin versen keşke."

Vur dediğinde öldüren Müge bu işi de mahvetmişti galiba. İçimi dökeyim desem, karşımdaki önüne serdiğim tüm hayatım karşısında eziliyor, o ağırlığı kaldıramayıp kaçıyor. İçimi döküp kimseyi darlamayayım desem, bu sefer de duvarlarımın arkasından iletişim kuramıyorum. Ne yapacağımı hiç bilmiyorum.

"Aslında merak ettiklerini sorabilirsin. Kendini anlatma konusunda normalde sıkıntı yaşamam ama çok da dert anlatmayı sevmem. Sen neyi merak ediyorsan sorabilirsin."

"Peki, merak ediyorum son ilişkin neden bitmişti?"

"Mutsuzdum. Bana verdikleri yetmiyordu. Aslında görür görmez aşık olmuştum. Çok istedim onunla olmayı ve neredeyse peşinden koştum. Flört etmeye başladığımızda her şey rüya gibiydi. Deli gibi mutluydum. Sonra ilişkimiz başladı ve o aramızdaki şey bir ilişkiye dönüştüğünde o hoşlandığım adamdan hiç eser kalmamıştı."

"Ne değişti ki?"

"Eskisi gibi ilgili değildi, ben ilgiyi severim. Aslında her kadın sever ama ben ilgisiz kaldığımda acı çekiyorum. Biri yüzünden o kadar acı çekeceğime de ayrılıyorum."

"O da tamam mı dedi ayrılık kararına?"

"Tamam dedi ama ertesi gün hiçbir şey olmamış gibi aradı. Sonra bir süre daha devam ettik. Sonra yine ayrıldım, bir daha ayrıldım derken artık son dönemde on beş günde bir arayıp biri beni kaptı mı kapmadı mı diye kontrol eden birine dönüştü. Zor kurtuldum diyebilirim. Bitemeyen ilişki gerçekten çok yorucu."

"Evet, kesinlikle katılıyorum. İnsan bir kez ayrılmalı."

Niye böyle oluyor bilmiyorum ama bu tarz 'bitti mi bir daha başlamaz' tarzı erkekleri korkutucu derecede katı buluyordum. Aşkından ölse aramaz, mantığıyla kararlar alır, kalbini asla işin içine katmaz... Arkasından bakakalırsın öylece.

Karşılıklı sustuk sonra. Etraftaki aileleri izleyip kısa kısa konuştuk. Geri dönerken o yemyeşil yola uygun bir şarkı çalıyordu:

"...madem öyle, lafı uzatmaya gerek yok

ben mi öleyim yoksa ateş edecek misin?"

"Tropical threesome"

O büyük gün gelmişti sonunda, cumartesi akşamı rakısı, hem de Mükellef'te. Hem de bu güzel yaz akşamında...

Sıcaklara çok bayılmam ama soğuktan iyidir. Güzelim mekanlarda, tepemde beynimi çorba yapan ısıtıcılarla oturmaktan hoşlanmıyorum açıkçası. Şimdi bu teras restoranlarının tam zamanı.

Buluşma için özel olarak kıyafet almama konusunda kendime verdiğim sözü de şimdilik tutmak istemiyordum. Çünkü adam gitgide daha tatlı buluşmalar ayarlıyor, hepsinde onunla başka bir şeyi deneyimliyordum. Bu adam için para harcamaya hazırdım.

İndirimler başlamak üzereyken benim gibi birkaç sabırsızla birlikte elbise deniyorduk kabinlerde. O hep beğendiğim uzun elbiseler yan kabinimdeki kızdaydı. Boyu öyle güzel bir boydu ki kız benim yanımda kuğu gibiydi. Ben de zaten tiril tiril, özensiz ama özenli duran dizüstü bir elbise bakıyordum. Tesadüf, kabinde kızlar birbiriyle konuşurken Orbay ismini duydum. Tek Orbay benimki değildi tabii ama bir tanıdığa rastlamış gibi sevindiğim için konuşmalarına kulak kesildim.

"Bu nasıl? Havuç pantolon kalın mı kaçar ya yaz gününe? Cool görünsün istiyorum."

"N'apıcaksınız bir şey yapacak mısınız sonrasında?"

"Ya konuşmadık ki. Bizim blogger masasına geldi, bir-iki soru sordum işte yalandan. Sonra kartını verdi, ben de ona verdim. Davet etti sonra mekanına tekrar."

Nasıl yani? Geçen gün? E ben oradayken bu kız da mı oradaymış? Orbay'ın tepesinde olduğu masada mıymış bu? Ben enayi gibi kendimi özel hissederken bu herkese kartını dağıtıp mekana mı davet ediyormuş?

O an gözlerim karardı, bir an kabindeki askılara tutundum. Giydiğim elbiseyi çıkardım, kendi giysilerimi giydim ve sinirden kıpkırmızı olmuş halde çıktım mağazadan.

İnsanın bir çift şefkatli kola ihtiyacı oluyor bazen. Ama o şefkatli kollar genellikle kötü insanlardan, kötü ihtimallerden haberdar olmuyor ve sadece "Geçecek" diyor. Geçmiyor. Aklıma Volkan'ı aramak geldi. Aklıma kimleri aramak gelmedi ki... Acilen mantıklı düşünmek zorundaydım. Kızın bununla bir buluşması mı var? Orbay'ı arayıp şaka yollu yan kabinimde neler olduğunu mu söylesem? Yok hiç mantıklı değil ama nasıl öğrensem? Kafam çalışmıyordu ki...

Saate baktım; Five açılmıştır, oraya gidebilirdim. Kız da bunun mekanına geçmişse direkt, biraz sakinleştikten sonra mesaj atabilirdim.

Five'ta Oben'le Alex'i görünce insanın kafasındaki her şey bir anlığına gidiyor. Tatlı, komik dertleri var ve o dertler de dert gibi durmuyor üstlerinde zaten. Sinirlenseler bile bir şey olduğunda gülüyorlar, o sinir de geçiyor gidiyor.

Oben epey kilo vermiş. On yedi yaşına geri dönmüş gibi, saçlar da kıvırcık kocaman kafa, bu tipi bile insanın içini açmaya yetiyor.

"N'oldu ya Müge, sen niye böyle tatsızsın?
"Aman ya, klasik flört durumları, tatsız..."
"O zaman sana en kafa dağıtan kokteyli yaptırıyorum, bekle burada."

Oben gitti bara, bir şeyler söyledi, bekledi, içkimi aldı geldi.

"Baksana, bu en yeni kokteylimiz. Umut veriyor insanın içine. Birazdan bana hak vereceksin."

İlk yudumu aldım, çok umut dolmadı hemen içime ama nefisti gerçekten. İsmini sordum, "Tropical Threesome" dedi. Dakikalarca güldüm. Gözlerim doldu, ağlayacak gibi hissettim ama kendime engel olamıyordum, o kadar güldüm ki... Şimdi nedenini de açıklayamazdım bunlara...

Tropical threesome'ımı –çaresizce- bitirip ikincisini istedim. Oturduğumuz yerden bara, gelene gidene, model çocuklara, Alex'in poposuna baktık, izledik. Bu arada ben ikinciyi de bitirdim. Mutlu olabileceğin erkekler ya gay ya evli ya da senden çok uzakta. Mutsuz olabileceğin tüm erkekleri kalabalıkların içinde elinle koymuş gibi bulmakla geçiyor ömrün.

Saatler geçmişti, bense sakinleşmiş, durumu kabullenmiştim. Bu benim yorgunluk depresyonuma girişimdi. Bu ismi ben uydurmuştum. Kimseyle konuşmaz, içime kapanır, hep bir hüzünle dolanırdım. Ne gülmeye ne ağlamaya halim ve isteğim olurdu. İnsanların eğlendiresi, sarılası, sevesi gelirdi ama onlara da tepki veremezdim. Bir elim çenemde, masaya yaslanmış uzaklara bakıyordum. Orbay'a mesaj attım.

"Five'tayım. Gelsene, burası şu an evin salonu gibi. Henüz millet doluşmadı, boş. Çok güzel."

Attığım gibi pişman oldum. O telefonu saksıların dibine gömesim geldi. Sanki tüm dünya aklımdan geçeni biliyormuş da ben çaktırmadığımı zannediyormuşum gibi... Sanki herkese rezil olmuşum gibi... Sanki ben tek başıma bir şey yaşıyormuşum, her şeyi yanlış anlamışım gibi... Ki sorulsa kanıtlayacak bir durum da yok zaten. Adam birden o kızla birlikte olacak ve bana "Ne var ki bunda?" diyecekmiş gibi...

Terledikçe terledim. Gitgide daha sarhoş hissettim. Kendimi sakinleştirmem yirmi dakikamı aldı. Sonra Oben'dir, Alex'tir, bardır, kafam biraz olsun sakinleşti. Mesajımdan tam elli dakika sonra cevap geldi. Ben öldükten sonra yani. Zaten tüm kötü ihtimalleri düşünmüştüm. En kötü ne olabilecekse hesabını yapmıştım. Kalbim ne kadar kırılabilirdi ki bir şey yaşamadığım bir adam yüzünden? Abartmayayım artık dedim. Derin bir nefes aldım. Mesaja bakmaya hazırdım.

"Şimdi bir blogger var yanımda. Biraz mekandan bahsediyorum ona çünkü bir markayla bu kızın host ettiği bir event

olacakmış. Çok eskimemiş, fresh bir mekan gerekiyormuş, falan filan. Anlatırım. Zaten şimdi gider. Gittikten sonra gelebilirim ya da sen gel kokteylini içip. Ben de sana kahve ısmarlayabilirim burada?"

Ben bu adamı hak etmiş olamam, bir insanın içi böyle güzel rahat ettirilmez. Yani şimdi şeytan diyor gidip zıplayacaksın kucağına, öpeceksin uzun uzun, başlarım kurallarına da kararlarına da diyeceksin kendi kendine... Tabii öyle olmuyor...

Yarım saat sonra gideyim yanına dedim, o yarım saat nasıl geçti bilmiyorum. Zaten kişisel tecrübelerime dayanarak şunu söyleyebilirim; belli bir süre meşgul kalmak zorundaysanız bir şey izlemelisiniz. Yoksa o süre geçmiyor. Bunu keşfedene kadar çeşitli aktivite denemelerim oldu. Mesela bir keresinde "Kahvaltı yapar, mesaja cevap veririm" dedim, kahvaltıyı yedi dakikada bitirirdim. Başka bir gün "Çay demliyim, masayı hazırlıyım" dedim, toplam üç dakika kırk saniye sonra mesaj atmamak için hiçbir bahanem kalmamıştı. Yani ben, benim yapacağım bir şeye göre süreyi belirleyemeyecek kadar aceleci olduğum için, çareyi süresi belirlenmiş işlere girmekte buldum. Ama mesela bir 'yarın cevap veririm'ci olmadım. Çünkü bunu yaparsam sabaha kadar uyumayacağımı biliyorum...

Bu araya da Girls'ün en sevdiğim bölümlerinden birini sıkıştırıp, bölüm bittiğinde çocuklarla vedalaşıp, kafam en güzel halindeyken Orbay'a doğru yola çıktım. Yolda aklıma şu geldi: "Ben acaba kime iyi gelirdim?" Yani mesela ilgisizlikten muzdarip, söylenmeyenleri araştırarak bulmuş, tedirgin, kaybetme korkusu yaşayan biri olarak şu an bana tam da Orbay gibi biri iyi gelirdi. Kendi işini yapıyor ama benimle plan yapmaya da vakti var, yavaş ilerliyor, göklere çıkarmıyor –belli ki ileride de o çıkardığı yerden bırakmayacak, çakılmayacağım- gizlisi saklısı yokmuş gibi bir de.

Peki, ben nasıl birine iyi gelirdim? Mesela sadık ve anaç birini arayan adama iyi gelebilirdim. Düşünmeye devam ederken kafeye varmış, kapıya doğru gelen Orbay'la karşılaşmıştım. Beni görünce gözlerinin içi güldü, ah ne tatlı adam...

Dükkanın önünde durmuş, gözlerimi kısıp sırıtıyordum.

"N'aber? Gitti mi misafirin?"

Gülerek yanıma geldi hemen.

"Kaç tane içtin sen? Gel bi sarılayım."

Sıkı sıkı sarılmak ne güzel geldi, kafam tam göğsüne denk geliyordu.

"Üç ya da dört tane, kokuyor muyum?"
"Yoo sordum. Kahve içersin o zaman, yapıyorum? Aç mısın? Avokadolu yumurtalı bir şeyler nasıl olur?"

İçimden "Neden sarılmamız bitti şimdi?" diye isyan ederken masalardan birine doğru ilerledim.

"Olur, yerim."

Mükemmel Bir Son

Kendimi en rahat koltuklardan birine atmış tavandaki şık pervaneye bakarak ne zaman "date"likten çıkıp sevgili olacağımızı düşünmeye başlamıştım. Sonra kendi içimde kaldığım konuya Orbay'ı izleyerek devam ettim. Hazır bana bakmıyorken ben ona nasıl iyi gelirim, anlamaya çalıştım. Aslında hayata dair karşılaştığı zorluklara çok hakim değildim. Olsam, ne bileyim, iş yükünü hafifletmek, kafasını rahatlatmak ya da evine yardımcı kadın bulmak konusunda yardımcı olabilirdim ona. Her şeyi hazırlayıp tezgaha koyduğunu görünce, masaya taşımasına yardım etmeye karar verdim. Kahveleri de o aldı. Masaya geldiğinde yüzü gülüyordu.

"Ne düşündüm biliyor musun? Keşke burada benimle çalışıyor olsaydın. Bana iyi geliyorsun, yanımda olman hoşuma gidiyor."

Böyle bir cümleye nasıl cevap vermem gerektiğini bilemediğimden, bir şeyler geveledim. Hatırlamıyorum ne dediğimi ama herhalde "Teşekkür ederim, keşke, aynen" falan demişimdir. Duyduğum güzel sözleri asla unutmam, cevaplarımıysa hiç hatırlamam.

Bütün akşam kafeyi, kafe için neler yapabileceğini ve gelecek planlarını anlattı. Benimkileri de sordu, bir-iki favori mekanından bahsetti, gitmediysen gitmemiz lazım dedi.

Bir arkadaşım da bu tarz sürekli görüştüğü ve plan yaptığı birinden bahsetmişti bir keresinde. Çocuk buna karşı o kadar zarifmiş ki sürekli görüşme planları yapıyormuş, böyle dolu dolu günler ama. İşte "Benim evime geçelim biraz kestirelim"ler, "Sen salonda yat ben odada yatayım" deyip asla rahatsız etmemeler falan derken kız hiçbir fırsatı değerlendirmeye çalışmayan bu 'tok' adama aşık olmuş. "Ne kadar hoş, nasıl zarif, ne tatlı. Bir kere bile tutmadı elimi, beni öpmedi, kalabalıkta bir bahanesini bulup belimden tutup kendine çekebilirdi ama onu bile yapmadı" diye anlatıyordu. Tabii bir zaman sonra tüm bunları anlattığı bir arkadaşı, çocuğun gay olma ihtimali üzerinde durmuş. Çünkü bu kadar gezmek tozmak ve aynı çatı altında ayrı ayrı uyumak normal değil. Kız bana anlatırken hala bunu düşünüyordu ve gay olduğuna ikna olmuş gibiydi.

Bizimki kızdan zaten niye ayrılmış belli değil. Birdenbire "Ben evlenmek istemiyorum" demeler, Türkiye'de değilken mükemmel ilişki yaşamalar, benimle her gün plan yapıp bir kez bile elimi tutmamalar... Benim de aklıma bunu getirdi. Tüm bunlar alkollü kafanın deli saçması düşünceleri de olabilirdi ya da alkol ilk kez zihnimi açmıştı.

Mükemmel Bir Son

İlişkinin başında
herkes iyi anlaşır

Galata Kulesi'ne bakan en güzel masasında oturuyordum Mükellef'in. Nefis müzikler çalıyordu. Hem bu yaz gününde serinleten esinti, hem ambiyans... Keşke duygularından emin olduğum bir adam olsaydı karşımda da...

Burada buluşmak üzere sözleşmiştik ve Orbay hala gelmemişti. Garsona meze siparişlerini nasılsa o da gelmek üzeredir diye vermiştim ama hala ortalıkta yoktu. Tam rakımı koyarlarken asansörden çıktı bizimki, sanki her zamankinden daha özenli gibiydi kıyafetleri, hali. Bana sarılıp tek yanağımdan öptükten sonra karşıma oturdu. Kendi kadehini de doldurttu. Telefonunu ve cüzdanını kenara yerleştirdikten sonra "N'aber? Anlat ben seni izliycem biraz" dedi. Bu hiç beklemediğim cümle karşısında utandım.

Belli ki onun anlatacakları vardı benden önce. Ya da benim anlayacaklarım... Zorlu bir oyunu kazanmış gibi gülümsedim, eminim gözlerim bile parlıyordu.

"Orbay? Neler oluyor acaba?"

"Seni izlemeyi seviyorum. Bir de hiç böyle tam karşımda olmamıştın şimdiye kadar. O yüzden bu anın tadını çıkarmak istedim."

Sağ elimle sağ taraftaki saçlarımı kulağımın arkasına sakladım. Ne yapacağımı bilemediğimden mezeleri tanıtmaya koyuldum.

"Seni beklemeden söyledim mezeleri ama mutlaka tatman lazım bunları. Bak bu mütebbel, bu carcaron, bu kuzu gerdan, bu da kuzu paça. Gerçi kime anlatıyorum, benden iyi biliyorsundur. Tatman lazım diyorum bir de yemekçi adama."

Utanmam geçti, arkama yaslandım. Hiçbir şey söylemedi, gülümseyerek kadehini kaldırdı.

"Güzelliğine..."

Tamam, herhalde bu gece sevişiyoruz. Çok şükür. Tüm hazırlığımı yapmıştım zaten. İçimde en seksi iç çamaşırlarımdan biri var. Her buluşmamızda var gerçi, bomboş giyip giyip geziyorum.

Ben karidesleri yarın yokmuşçasına yerken, o biraz ailesinden bahsetti. Ankara'dalarmış. Babası eski milletvekiliymiş. Kız kardeşi varmış bir tane, o da Bilkent'te okuyormuş. Aklıma yattı. Birden en önemli detayı sormayı unuttuğumu fark ettim.

"Burcun ne senin?"
"Oğlak."

Mükemmel Bir Son

"Ben oğlakla anlaşamam ki."

"E ama anlaşıyorsun?"

Bu adama nasıl izah edeyim şimdi? İlişkinin başında herkes iyi anlaşır.

"Yani tabii doğru da... Doğru söylüyorsun aslında... Tamam."

"Böyle şeylere o kadar da takılmamak lazım. Eski ilişkimin asla sürmeyeceğini söylerdi kime sorsan, yıllarca birlikteydik. Hem zaten ilişki dediğin anlaşabildiğin, eğlenebildiğin sürece yürüteceğin bir şey. Mutsuz olduğunda hiç uzatmadan bitmeli."

O an içime bir ağrı girdi. Nasıl bu kadar kolay ayrılabiliyor insanlar anlamıyorum. Benim için birinden ayrılmak ya da onu terk etmek o kadar zor ki... Ne kadar mutsuz olursam olayım, ona katlanmak zorunda hissediyorum kendimi. Sonra da klasik, terk ediliyorum. Gerçi son ilişkimde ben ayrılmıştım ama yine de Volkan istemediği sürece bitemeyecekmiş gibiydi aylardır.

Terapistim bendeki terk edilme şemasının hayatımda ne kadar etkili olduğunu bana söylediğinde ikinci seansımızdaydık. Terk edilme de hayatımda maalesef babam yüzünden bu kadar etkili.

Babam ben küçükken, yani dokuz yaşındayken, bizi bırakıp sevgilisiyle yaşamaya başladı. Ve anneme hiç düşünmeden "Seni artık istemiyorum" dedi. O terk etme anını o kadar net hatırlıyorum ki...

Babamın elinde bir çanta vardı, büyük, kahverengi, deri... Annemle babam odalarından peş peşe çıkmışlardı. Annem arkada, babam öndeydi. Ben de salondaydım. Televizyon kapalıydı, salon çok sessizdi. Abim arkadaşlarıyla basket oynamaya gitmişti. Ben olacakları hissetmiş gibi o gün dışarı çıkmamıştım. Babam dış kapının önünde durup, dönüp bana bakmıştı. O kadar mahcup görünüyordu ki, keşke beni değil, annemi terk etmeye karar verirken de böyle hissetseydi. Babam öylece, kısa bir tatile tek başına çıkıyormuşçasına gitti o gün. Yanına gidip nereye gittiğini sormadım. Öpmedim, sarılmadım. Oturduğum yerden öylece izledim. Annem de arkasından kapıyı kapattı, salona geldi, yanıma oturdu.

Hiçbir şey konuşmadık, sessizce yan yana oturduk. Annem öyle kederliydi ki, ağlamadı bile. Bana dokunsa ağlardı belki. Sarılsak, ağlasa açılırdı ama ağlamadı. Aklı sıra güçlü durdu. Bense galiba babama biraz kırgındım. Terk edilmeyi üzerime alınmış, "Derslerim mi kötü, çirkin miyim, aptal mıyım?" diye düşünmeye başlamıştım çocuk aklımla. Okuldaki arkadaşlarımın babalarıyla ve anneleriyle yaşadıklarını öğrendikçe onları daha güzel, daha özel ve vazgeçilmez buluyordum. Onların hakkı sevilmek, benimkiyse terk edilmekti.

Babamla annem, dedemin korkusundan boşanamadılar ama annemin o dönem ne kadar yalnız ve mutsuz olduğunu çok iyi hatırlıyorum. Babamı çok, çok az gördüm senelerce. Çünkü sevgilisi bizimle görüşmesine pek sıcak bakmıyordu bence. Maddi açıdan hiç zorluk çekmememizi sağlamak babama yeterli bir yardım gibi gelmişti belki de.

Mükemmel Bir Son

Babamın bizi terk ettiği gün keşfettiğim, yaşadığım ve baş etmeye çalıştığım duygu olan çaresizlik hala içimi ağrıtıyor, beni derinden yaralıyor ve bitmeyen bir titreme getiriyor vücuduma. Terk edilmek insanı çok çaresiz bırakıyor. Bunu zamanla aşabileceğimi söylüyor terapistim. Belki de doğru insanla aşılır. Bu konuda bir kitap okumuştum aslında. İsmi, "Varolan Annenin Yokluğu"ydu. Küçükken aldığımız yaralar (kötü annelikler) ileride birinin bize iyi annelik yapmasıyla sarılıyormuş. İyi annelik yapması için karşımızdakinin annemiz olması gerekmiyormuş. Kardeşimiz, eşimiz, belki de çocuğumuz; herkes bizi iyileştirebilirmiş.

"Sen bozuldun bu uzatmadan ayrılma işine. Evet, oradan bakınca biraz zalimce geliyor ama düşününce bana hak vereceksin. Hayat gerçekten çok kısa ve açıkçası eski sevgilimin yanında çürümek yerine şu anda senin yanında olmak bana çok daha mantıklı ve eğlenceli geliyor."

Konuya oradan bakınca öyle tabii. Ama bunun bir de benden sonrası var...

Sanırım bütün sevgililerim iyi ve birbirine bağlı ailelere sahipti. Aslında benimkiler de şu an öyle görünüyor olabilirler. Çünkü babamın sevgilisi kanserden öldükten sonra, babam depresyonunu bizimle atlatmaya karar verdi. O gün bugündür annemle.

Tüm mezeleri silip süpürdükten sonra Nil'in bana rakı masası konusunda söylediklerini hatırladım ve Orbay'a anlattım.

"Nil bana 'Seninle rakı içmek hiç eğlenceli değil' diyordu. Her şeyi hemen yiyormuşum ve rakılara eşlikçi bırakmıyormuşum."

"Sen takma onu, ben de her şeyi hemen yiyorum. Çok lezzetli, ne yapalım? Nil de ağzının tadını bilseymiş."

"Sahi, onların Hakan'la nasıl gidiyor?"

"İyi herhalde, ilk günlerdeki sevgi kelebeği hali kalmadı Hakan'ın ama o öyledir. İlişkileri en fazla bir ay sürer, genelde de bir hafta. O süreçte de kendine öyle aşık eder ki ayrıldığını çökmüş suratlarıyla Hakan'ı soran, şayet bulabilirse de bir şans daha isteyen kızları görünce anlarım. Şu ana kadar en az üç tanesine şahit oldum. Sadece bu dükkan için konuşuyorum…"

"Nasıl yani? Geri sayım mı başladı yani?"

"Umarım öyle olmaz, Nil tatlı bir kız. Ama eğer sürekli irtibat halindeyseniz gazlama kızı en azından. Kız arkadaş gazı ayrılıkları daha da zorlaştırıyor."

"E ne diyeceğim? Öleceğini bildiğim birine bakar gibi nasıl konuşayım? Nasıl zalimsiniz Orbay. Senin de var mı böyle belirlediğin süreler, ayırdığın zamanlar falan?"

"Eee evet, ben de ilk geceden sonra vazgeçiyorum mesela."

"Sex and the City mi izliyorsun sen?"

"Eski kız arkadaşım zorla izletmişti bütün sezonları. Maalesef hepsine hakimim. Ama böyle olunca da şakamın bir manası kalmadı tabii. Ben Bon Jovi değilim Müge, merak etme."

İçim birazcık rahatlamıştı ama ayrılığa bakış açısı beni üzmeye devam ediyordu.

Gül rengi şarap
içilmez mi böyle günde?

Kahvelerimizi içerken iyice sessizleşmişti masamız. Sadece Galata Kulesi'nin ışıkları parlıyordu etrafta. Çevre masalar çoğunlukla boşalmış, yan masamızda bir doğum günü kutlanmış, diğerinde de bir evlenme teklifi olmuştu. Bu kadar mutluluğun bir arada olduğu gecelerin enerjisine inanırım. Yıldızlar tepemizde parıl parıl parlıyorken ve fonda da Mehmet Güreli'nin 'Kimse Bilmez'i çalıyorken, bir şey olsa da doğru mu yapıyorum yanlış mı bilsem dedim. Sessizliği Orbay bozdu.

"Kendimi son dönemlerin bol gişe yapan Türk filmlerinden birinde gibi hissettim. Onlarda da olur ya böyle, o anda orada olmak istediğin bir sahne. Şu an o kusursuz sahneyi yaşıyorum."

Ne demek istediğini çok iyi biliyordum. Her izlediğim filmde, orada olmak istediğim loş ve romantik bir ortam vardır. Hiçbirini de unutmam, hepsini de filmin adını duyduğum an hatırlarım.

"Ben de çok seviyorum son dönem Türk filmlerini, İlksen Başarır'ınkiler çok güzel. Dozunda dram, mükemmel aşk. Karakterler de hiçbir zaman dünya güzeli olmuyor. Zaten kadın öyle bir süslüyor ki, öyle güzel gösteriyor ki Mert Fırat'ı, filmden çıktığında aşık oluyorsun."

"Mert Fırat'la birkaç ortamda bir araya geldik, yakışıklı adam gerçekten."

"Ya bilmem, ben sanırım tavırlara aşık oluyorum. Filmlerdeki tavırlarına falan. Mesela Bir Varmış Bir Yokmuş'ta nasıl güzeller... Melisa'ydı değil mi ismi? O kızla."

"İzlemedim ben, izleyelim mi bana geçip?"

Seks geliyorum demez, hemen kabul ettim. "Hadi" deyip hızlıca yerimden kalkışımı görünce zaten Mert Fırat'a değil, yatağa koştuğumdan emin olmuştur.

Evi tam bir erkek eviydi. Sade, retro ve cool'du. Ahşap döşeme, yüksek tavanlar ve az mobilya ile her zaman derli toplu olan ama içinde pek vakit geçirilmeyen evdi tam. Ve bu evin bir kadına ihtiyacı yoktu. Evin anca Orbay'a yetecek kadar yeri vardı. O retro kadife koltuklar, o plakçalar, o Amerikan mutfak ve son model olduğunu hiç çaktırmayan kapsül kahve makinesi bir arada o kadar güzeldi ki, doğru adamla, doğru akşamda, doğru yerde olduğumu anlamıştım. Bilgisayarını alıp masaya koydu.

"Ben filme bakayım, sen de içki seç. Güzel şaraplar var, ya da her ne istersen artık."

Oturduğu koltuğun karşısındaki bara gittim. Ona baktım. Arkasında tül perdeler uçuşurken içimde hala 'Kimse Bilmez' çalıyordu. Bir kırmızı şarap seçip mutfağa geçtim. Kadehleri ve tirbuşonu aldım, gelip masasının üstüne bıraktım. Kendimi koltuğa attım. Ekranda film listesi açıktı.

"Gelsene, Başka Dilde Aşk da var. O da iyiydi, izlemiştim."

Yanına gittim, belimden tutup kendine çekerken bir anda iki eliyle sarıldı. Ensemde, sağ tarafımda hissediyordum nefesini. Derin derin içine çekti. Ben o sırada yine ne yapacağımı bilmediğimden ekrana bakıyordum. Gülerek kafasını öne doğru eğip yüzüme baktı.

"Müge, gerçekten odun musun?"

Güldüm. Öptü. Kollarımı boynuna doladıktan sonrası çok flu ve çok güzeldi. Sanırım saatler sürdü durmamız. Tam bana göreydi her şeyiyle. Orbay o kadar güzeldi ki, teni öyle güzel kokuyordu ki... O kafamı göğsüne yaslayıp uykuya daldığında ben uçuşan perdeyi izliyor, içimden 'Kimse Bilmez'i söylüyordum.

Keşke filmler bizim kadar güzel olsaydı...

"Biz" diyor.
"Biz" bir takımmışız gibi...

Böyle güzel bir gecenin ancak bu kadar kötü bir sabahı olabilirdi. Bir daha asla birine sarılıp yatmayacağıma dair söz verdim kendime. Yapış yapıştık, bu kadar terlemek normal olamazdı. Ayrıca kolum uyuşmuştu, boynum ağrıyordu. Ben bu haldeyken Orbay kendine güzel bir yastık bulmuş, dümdüz yatmıştı. Uyanık adamın hali başkaydı gerçekten. Ben yavaşça kalkarken Orbay da beni görür görmez gülümsedi.

"Günaydın."
"Günaydın. Her yerim ağrımış, acayip kötü boynum."

Yanında oturuyordum. Ellerini uzattı, tuttum, dudaklarına götürdü. O kadar zarifti ki her hareketi...

"Ne yapacaksın bugün?"
"Biraz çalışırım, yine siparişler var pazartesi gönderilecek."
"O zaman gidelim kafeye kahvaltı yapalım, oradan git. Şimdi eve gidip kahvaltı falan hazırlama."

Şu ana kadarki çok az sevgilim böylesine cesurdu ve yaptığı şeyin bu kadar arkasındaydı. Kafeye birlikte gitmek, geceyi birlikte geçirdiğimizin en temiz kanıtıydı. Bunu umursasaydı bozulmazdım ama umursamaması beni çok etkiledi. Giyindik, çıktık.

Kapıya geldiğimizde tam da bana söylediği kadınlardan birini bulduk. Terk edilmiş, endişeli, bitkin, uykusuz. Ama bu seferki çok tanıdıktı. Nil önce bizi yan yana görmenin kısacık şokunu yaşadı. Sonra kendi derdi daha ağır basmış olacak ki Orbay'a döndü. Orbay zaten bu anı beklediği için hiç şaşkın değildi, sadece üzgündü.

"Orbay, Hakan'dan haberin var mı?"
"Yoo, bana bir şey söylemedi. N'oldu? Geçsene içeri."

Kapıyı açıp bizi geçirdikten sonra geri kapatıp 'Open' tabelasını dışarı doğru çevirdi.

"Aç mısın Nil? Biz kahvaltı yapmayı planlıyoruz, katılmak ister misin?"
"Biz" diyor. "Biz" bir takımmışız gibi. "Biz ikimiz, sen tek" dermiş gibi.
"Aç değilim. Bir şey yemedim ama yiyecek halde değilim. Mutfağa yanına gelebilir miyim? Bir şey konuşmamız lazım."
"Gel tabii" dedikten sonra bir an bana baktı Orbay. Ben de kendime en rahat koltuğu seçip, telefonumu şarja taktım. Konuşmalarının bitmesini bekledim. Ne kadar da çok insan işe gidiyordu, pazar pazar hem de. Bu kadar erken saatte buralar ne kadar da güzel, nasıl da biz bizeydi...

Mükemmel Bir Son

Beş dakika bile geçmeden Nil gözüktü. Orbay'ın yanına gitmeden önceki halinden daha kötü bir halde değil gibi görünüyordu ama neler olduğunu çok merak ediyordum. Bana anlatmasa da Orbay anlatırdı nasılsa diye düşünürken geldi tam karşıma oturdu.

"Gitti..."

Şaşırmamıştım ama şaşırmış gibi davranmak zorundaydım.

"Nereye gitti? Ne demek gitti?"

"Bilmiyorum. Orbay'a da sordum, hiçbir fikri yok. Kafasına esince kaybolurmuş öyle süresiz, nedensiz."

"Kavga mı ettiniz peki?"

"Hayır, dün akşam Berfin'lerle balık yemeye gidecektik. Sürekli irtibat halindeydik. Yine konuştuk. Her şey güzeldi. Giyindim, 'Bekliyorum' dedim. 'Çıktım yoldayım' dedi. Sonra çat telefon açtı, 'Nil ben gelemiyorum, sebebini sorma' dedi bu defa."

"Nasıl ya? Ne yaptın?"

"Bekledim, şakadır dedim, gelir dedim. Daha yeni aşık olmadı mı bana? Ne çabuk bitti o aşk? Gelmedi. Sabaha kadar bekledim."

"Telefonu kapalı mı?"

"Açıktı. Çok aradım, mesaj attım. Sonra herhalde çok rahatsız oldu paşam, kapattı."

Peki şimdi ne olacaktı? Orbay'dan öğrendiğim kadarıyla bitmişti bu ilişki. Zaten Nil de uzatmazdı ama insan nedenini merak ediyordu işte. Nil daha fazla duramayıp gitti, bizi flörtümüzle baş başa bıraktı. Bu arada zaten çalışanların tamamı gelmişti. Her gelen sanki beni biliyormuş gibi hiç şaşırmadan bana da selam veriyordu. Bunlar beni nereden tanıyordu? Yoksa Hakan'ın bırakıp kaçtığı grubun yanında bir de Orbay'ın kahvaltıya getirdikleri mi vardı? Kan beynime sıçradı. Yine kendi kendimi sinirlendirmeyi başarmıştım. Sonra Orbay elinde tabaklarla geldi, çocuklar da peşinden geri kalanlarla.

"Hakan'a mı sinirlendin? Söylemiştim sana, söylediğimden de erken oldu. Ben de şaşırdım ama ona kriz gibi geliyor, öyle düşün; gitmesi gerekiyormuş, başka çaresi yokmuş gibi... Hakan benim çok eski arkadaşım, her zaman böyleydi, eski mekanında da, okulda da, hep... "

"Peki, geride kalanın ne suçu var? Bu kız bunu hak etmedi ki! Nasıl düzelir şimdi psikolojisi?"

"Bilmiyorum. Boşver bu konu bizim çözebileceğimiz bir konu değil. İkisi de yetişkin insanlar, çözerse onlar çözsün."

O tabağına zeytinleri alırken, ben Nil'in durumuna düşersem ne yapacağımı düşünmeye başlamıştım bile.

Mükemmel Bir Son

Yavaş yavaş "biz" farketmeden
sevgili olmuştuk

O akşam duşumu almış, TV'de zap yaparken kapı çalındı. "Kesin Nil" diye düşündüm. Birden halini hatırladım, içim cız etti. Koşa koşa gittim, açtım. Karşımda Orbay'ı buldum. O kadar yorgun, o kadar tatlı duruyordu ki bakakaldım önce.

"Bakma öyle tuhaf tuhaf. Unuttun mu, biliyorum soyadını. Zilini buldum, sürpriz yapmak istedim. Ama müsait değilsen..."

İlk tanıştığımızda kartımı verdiğimi tamamen unutmuştum tabii. Sayesinde hatırladım. Kapıyı sonuna kadar açıp, geri çekildim.

"Gelsene, sevindim seni gördüğüme, iyi ki geldin hatta... Gerçekten güzel bir sürpriz oldu."

Kalbim küt küt atıyorken nasıl cool cümleler kurabilirdim ki? Kötü bir dublaj gibiydi resmen içimden geçenlerin üstüne gelen konuşmalarım. Kapıyı kapattıktan sonra bana sıkı sıkı sarıldı.

"Eve gidince dün geceyi hatırladım. Yalnız kalmak istemedim, seninle uyuyabilir miyim?"

"Tabii... Ama uykum yok, kendime buzlu kahve yaptım, sana da yapayım mı? Bir şeyler izlerim diyordum, bir şey bulamadım. Baksana sen de, kumanda masada. Sen geç, ben geliyorum."

Oturur mu hiç, geldi yanıma. Mutfağı neyse ki henüz temizlemiştim, ev de derli toplu sayılırdı yoksa kapıda ne derdim, nasıl oyalayıp gönderirdim bilemiyordum. Ben buzlukta dondurduğum kahveleri buz kaplarından çıkarıp bardağa koydum, üzerine biraz sütle karışık kahve ekledim ve bardağını eline verdim. Mutfaktan peş peşe çıkarken aklımda sabahki soru işaretlerinin hiçbiri kalmamıştı.

"Bu arada Hakan'dan haber aldın mı?"

"Sapanca'da aile yazlıkları var onların, muhtemelen oraya gitmiştir."

"Peki, ne olacak böyle sence?"

"Bir şey olmayacak, karışamam ki adama. Böyle böyle belki bir gün aşık olur. Ya da kadınlar güzel bir intikam alır, bilmem."

"O kadar kısa zamanda bırakıp gidiyor ki, kadınların intikam alması için bir nedeni olmuyor. Olayı öyle çözmüş bence. "

"Kadınların nedenleri nelermiş?" derken bardağını bardağıma vurup içti. Sonra beğendiğini gösteren surat ifadesiyle bana bakıp, bir yudum daha içti.

"Çok vaktini alması mesela. Yani atıyorum uzun süre birlikte olursun, o ilişkiye öyle emek verirsin ki emekle-

Mükemmel Bir Son

rinin karşılığını almak evlenmek demektir. Adam seninle evlenmez, ayrılırsınız başkasıyla evlenir. Mis gibi bir intikam nedeni, tertemiz bak. Vaktini almış, sen yaşlanmışsın, zamanı geri alamıyorsun ki… Ya da mesela klasiktir zaten bu; aldatılmak… Tabii ki ben depresyona girerken sen yeni sevgilinle gününü gün edemezsin, o mutluluk zehir de edilir, o intikam da alınır…"

"Bak sen, o zaman benden intikam alınmalı mı?"

Yine mi eski sevgili konusuna geldik, yutkundum. Buz kestim bir an, sonra devam ettim.

"Almadı mı?"

"Çok da büyük intikamlar değil, biliyorsun işte. Anca tadımı kaçıracak şeyler."

Tadı kaçtı mı acaba? İçi acıdı mı? Acaba çirkinleşmeseydi kız, dönebilecek kadar sakin ayrılsaydılar döner miydi?

"Onun da intikamı böyledir belki, bilemeyiz. Ya aslında bence ilişkiler bitince egolarımız zedelendiği için üzülüyoruz. Mesela terk edildiğin ayrılıklarını düşün, terk edilmeyi aslında hızlandıran sensin o süreçte. Mesela kavgaların sebebi biraz da senin inatlaşman, rest çekmen. Baktığında geri adım bile atmadığın, toparlamaya çalışmadığın ilişkin bitince üzülüyorsun. Çünkü terk edilmek koyuyor. Belki kız bunun farkındadır. Belki artık kendisiyle birlikte olmanı istemeyen bizzat odur."

"Off çok derin oldu bu, haklı olabilirsin. Beni terk edersen intikam almıyorum yani?"

Ama yine de o kadar tatlıydı ki, yavaş yavaş 'biz' fark etmeden sevgili olmuştuk. Sonra devam etti.

"Biliyorum Müge, aklındaki bu değil, yaşamayı tercih edeceğin ilişki bu değil. Belki daha çok tutku, belki daha ani aşk, belki ilk geceden başlayan ve bitmeyen seks... Ama aslında hiçbirimizin aradığı bu değil. Bu bize filmlerde öğretilen şey. Doğrusu o değil, insanı yıpratan, üzen o. Aşk oysa ben reddediyorum. Ben daha emin adımlarla, daha doğru bir sıralamayla ilerlemeyi tercih ediyorum. Böylesi daha gerçek, daha uzun ömürlü, daha insani... Bazen anlıyorum, okuyorum hayal kırıklığını yüzüne bakınca bile ama bana güven, acele etme. Bırak senin yanında huzur bulmaya devam edeyim."

Hiçbir şey söylemek istemedim. O beni anladı, ben onu anladım. Kahveler bitince kucağıma yattı, yüzü ellerimin arasındaydı. Alnında, tam saçının başladığı yerdeki dikiş izini keşfettim. Yüzünü sevdim, saçlarını okşadım, uyuyakaldı. Belki de tek ihtiyacımız olan dokunmaktı o an. Kanalı değiştirip izleyecek bir şey buldum ama huzur resmen perde indirmişti gözüme. Kucağımda yatan adama uzun uzun baktım sonra... Telefonumda Instagram bildirimini görünce telefonun tuş kilidini açtım, Nil'e mesaj attım:

"Nasılsın? Haber var mı Hakan'dan?"
"Şeytan görsün yüzünü. Ben anlamıştım bu herifte bir yamuk olduğunu zaten de şüpheci yaklaşmayayım diyordum."
"Ne yaptı, neden şüphelendin?"
"Ya bunun telefonu hiç cebinden çıkmıyordu. Göremiyorum kim arıyor, kim yazıyor. Gece zaten kapatıyordu. Ailen yanında değilken telefonu kapatır mısın? Yani şüpheleniyordum tabii ama izlemeye karar vermiştim."

Mükemmel Bir Son

O anda Orbay'ın da telefonunun cebinden hiç çıkmadığını fark ettim. Hiç telefonunu masaya koyduğunu bilmem. Ama bu benim şüphelenmem için yeterli bir sebep olmadığından hiç sormadım. Zaten bir de yeni birlikte olmaya başlamışız, hangi ara trip yapacağım adama?

"Aslında o şüphelenilecek bir şey değil bence."
"Müge dikkat et Orbay'a. Belli ki birliktesiniz, o da pek farklı değil Hakan'dan söyleyeyim. Ben kaç kez gördüm kızların masasına oturmuş sohbet ediyor hep. Tamam, sohbette bir şey yok ama kadınız, anlıyoruz flörtöz adamın halinden."
"Ya onlar iş yaptığı insanlar, editörler, misafirleri falan. Ben onları kıskanmıyorum pek. Sorun yok henüz dert etme sen beni. Haber ver haber alırsan, öptüm."

İşime gelmeyen konulardan ve yorumlardan o kadar hızlı uzaklaşıyordum ki... Ama bu zaten benim Volkan döneminde aldığım bir karardı. Kimseden etkilenmemek için, beni etkileyebilecek kimseye ilişkimi anlatmayacaktım. Hayatımda aldığım en doğru kararın bu olduğundan emindim.

Tekrar Orbay'a dönüp saçlarını okşamaya başladım. Pamuk Prenses gibi açtı o gözlerini. Kafasını kaldırdı, "Kalk oradan gel buraya" dedi. Beni yine göğsüne yatırdı. Şu romantizm için ölebilirim ama bu adamın romantizm anlayışı bana anca boyun ağrısı yapıyor. Bir süre onun istediği gibi takıldıktan sonra onu yatak odama sürükleyip çiçekli nevresimlerimin içine gömdüm. Benim romantizm anlayışım da böyleydi; karışmak...

Beklenen telefon,
beklenmeyen cevap

Hayatımın en güzel, en huzur dolu gecesini yaşamıştım. Orbay'la uyumak, Orbay'la sevişmek, Orbay'la herhangi bir yerde olmak öyle farklı bir histi ki sanki "Kim bu adam, tanımıyorum" derken, aynı anda "Bu adamdan başkası beni tanımıyor" dedirtiyordu. Bunun adı neydi, bilmiyorum. Belki bu da Orbay'ın sihriydi.

Tertemiz kokuyordu, mis gibiydi, çok güzeldi. Teni hayatımda dokunduğum en güzel tendi. Uyurken bile güzeldi Orbay ve uyurken bile huzur veriyordu insana. Bir yandan sadece onu izlemek istiyor, bir yandan bu huzuru bulmuşken ben de uyumak istiyordum. Hani geçmişteki başarısız ilişkiler insanı biraz korkak yapar ya, ben de bazen sanki çok az zamanım varmış, bu da elimden kaçacakmış, kimse tam anlamıyla benim olmayacakmış gibi hissediyordum. Bu hissi içimden atmayı bilmiyordum, bir türlü yolunu bulamıyordum ama neyse ki dışarıdan fark edilmesini engelleyebilmiştim.

Sabah uyandığımızda beni yine kendi yanına çekti. Geceyi yatağın diğer ucunda uyuyarak geçirdiğim için de bu kez beni hiç rahatsız etmedi bu sarılma faslı. Çok terliyordum sadece. Zaten hava sıcaktı, vücutlarımız sıcaktı, evde de klima yoktu. Peki, yatak odam serindi ama iki sevgilinin sarılmasını kaldıracak kadar da değildi maalesef.

Bana sarıldığı eliyle saçımı okşayıp onun tarafında kalan yanağımı öpe öpe on dakikada su gibi terlememizi sağladı. Kimse konuşmadı ve ben onu öpüp yataktan çıktım.

İnsan isteyince kısacık zamanda mükellef bir sofra hazırlıyor. Benim pankekli, omletli, meyveli kahvaltı masam da o kısacık zamanda hazırlanan en güzel masaydı. Duş aldı, kahvaltı yaptık, çok oyalanamadan gitti.

Orbay'ı uğurlamış, arkasından evi toparlamış, duş almaya hazırlanıyordum ki telefonum çaldı. Öylesine güzel geçen bir gecenin ardından herhalde o da şimdiden özledi deyip telefonuma koştuğumda sürpriz bir isimle karşılaştım: Volkan. Önce telefona uzun uzun baktım, ne diyeceğimi düşündüm, açsam mı açmasam mı bilemedim ve sonunda o telefonu açıp kulağıma götürdüm.

"Müge, n'aber?"

Sesi çekingen geliyordu. Ne zamandır aramadığını, en son güya görüşeceğimizi ama sayesinde yine görüşmediğimizi unutmamıştı o da besbelli. Bense sakindim. Hayatın bana verdiklerinden öyle memnundum ki ne kin kalmıştı ne öfke...

Mükemmel Bir Son

"İyidir, sen?"

"İyiyim. Görüşemedik, biliyorum benim yüzümden ama çok özledim. Dayanamadım bari bir sesini duyayım istedim."

"İyi yaptın, ne diyeyim? Teşekkürler aradığın için."

"İyi misin, özledin mi sen de beni?"

"Özlemedim pek aslında Volkan. Volkan..."

"Ya gerçekten bu inadından ben bıktım, sen bıkmadın. Peki, özlemedin, telefonu niye açıyorsun o zaman? Demek ki sen de sesimi duymak istiyorsun. Yanlış mı düşünüyorum?"

"Yanlış düşünüyorsun. Zaten telefonu açmadan düşündüm, sonra sana saygı duyduğum için açtım. Çünkü açmasaydım büyük ihtimalle dönmeyecektim aramana."

"Peki, ben rahatsız etmeyeyim o zaman. Daha sonra konuşuruz."

"Volkan, daha sonra da konuşamayız. Benim hayatımda biri var. Muhtemelen aramandan rahatsız olacaktı yanında olsaydım. Arkasından da iş çevirmiş olmak istemem, aramaman daha doğru olur."

"Ya Müge git Allah aşkına... Söyle peki kimmiş bu hayatındaki kişi?"

"Volkan bunun ne önemi var? Başkasıylayım ve mutluyum. Eski günleri, eski hiçbir şeyi özlemiyorum, huzurluyum."

"E nerede o zaman? Hani sen birlikte olmayı istiyordun sürekli, ne oldu? Yine mi oyuncu buldun? Ya da balet falan? Ya da dansçı?"

Kendi kendine dalga geçmiş, kendi kendine kahkahalara boğulmuştu. Klasik Volkan işte.

"Yeni çıktı sayılır. Akşam da gelir yine. Sen yorma kafanı, ben hiç yalnız kalmıyorum. Neyse konuşmayı uzatmak istemiyorum. Kanıtlayacak da değilim sana hiçbir şeyi. Umarım sen de bir gün mutlu olursun istediğin gibi biriyle, hoşçakal Volkan."

"Müge, bizim aramızdaki şey o yaşadığın dandik duygular gibi değil. Pişman olacaksın. Adamı oyalama, varsa öyle biri tabii. Telefonu kapatmadan önce uyarmış olayım da."

"Bizim seninle aramızda olabilecek en saçma, en sağlıksız, en kötü şey vardı zaten. İlişki desen değil, ayrılık desen değil... Ben zaten seninle mutsuzdum. Sen de beni mutsuz etmekten besleniyordun. Daha fazla mutsuzluk istemedim hayatımda ve ne kadar şanslıyım ki tam da o sırada aşık oldum. Artık hayatımda yerin yok Volkan, sana fazla bile zaman harcadım."

"Peki Müge, yine de aramak istediğinde buradayım."

Telefonu kapattıktan sonra büyük ölçüde hafiflemiştim. Volkan'ın arayacağını biliyordum ama hislerimin ne durumda olacağını tahmin edemiyordum. Neyse ki gerçekten bitmişti. Neyse ki gerçekten güvendiğim ve normal insanlar gibi normal şeyler yaşayabildiğim biri vardı hayatımda artık. Orbay'a hiçbir şey için değilse bile, sırf bu yüzden büyük bir teşekkür borçluydum.

Duşa girdiğimde sanırım içimde, üstümde kalan Volkan'a dair her şey aktı, gitti...

bir iyi dilek şekli olarak;
"umarım her şeyi kendi içinde de
bitirebildiğin bir hayatın olur"
çünkü daha büyük huzur yok

Hep beklediğin şey,
artık onu beklemediğinde gelir,
yapışır, gitmek bilmez

O günden tam yirmi bir gün sonra, bir pazartesi günüydü. Gece Orbay'da kalmış, sonra yine kafede kahvaltı yapmış, eve dönmüştüm. Apartmanın kapısındaysa tanıdık biri vardı. Ona en çok yakışan koyu kırmızı polo yaka tişörtünü giymişti yine. Bunu ona söylememiştim hiç ama bu haldeyken gerçekten çok yakışıklı görünüyordu. Artık içimi kıpırdatmayan bir yakışıklılık...

"Ne işin var burada?"

"Neredesin sen Müge?"

"Offf... Bitti bizim ilişkimiz ne zaman kabulleneceksin Volkan?"

"Gördüm seni o herifle. O mu yani cidden? O işten bir şey çıkmaz. Bak Mügecim, yol yakınken gel tekrar deneyelim. Kaç kez söyledim, söz veriyorum daha çok vakit ayıracağım sana. Bu sene tek oyun var, özellikle öyle istedim."

"Volkan, mesajlarına aramalarına ses çıkarmadım ama yeter. Ben seninle tekrar denemek istemiyorum, merak etmiyorum, özlemiyorum. Ben zaten mutluyum şu an, arayışta değilim."

"Yalan mıydı her şey? E yalandı yani. Ben sana bunu yapsaydım, sen ne derdin bana bir düşünsene."

Yerinden kalkmış, karşıma dikilmiş, gözlerimin içine bakıyordu.

"Yahu ööööf! Volkancım, gerçekti evet ama bitti. Bitiren sensin, dönmek isteyip yüz bulamayınca zorlayan yine sensin. Asla beni istemiyorsun. Sadece döner gibi olduğunda seni hazır bekleyeyim istiyorsun. Ama işte hayat senin hesaplarına göre yaşanmıyor, üzgünüm."

"Ben hiçbir zaman hesap kitap yapmadım. Hep sana tam manasıyla dönebilmek için bekledim. Ne zaman görüşelim desem önümde on-on beş günlük yoğunluk oluyordu. Seninle bir gün görüşüp sonra o kadar zaman ilgilenemeyince tartışacaktık. Hepsi bitsin geleyim, tam geleyim istedim. Bunu söylemedim diye suçlu oldum."

"Söylemeliydin demek ki. Bunları şimdi konuşmanın hiç kimseye bir faydası yok Volkan, üzgünüm."

"Müge, sana ve söylediklerine çok inanmıştım ben. Bana neler söylemiştin, hani kimse benim gibi olamazdı? Hani bizimki başkaydı? Hani yapbozun parçaları gibiydik?"

"Ne dememi bekliyorsun? Başkasıyla da mutlu olunuyormuş işte. Sen başkasıyla birlikte olmaya başlasaydın ben böyle kapına mı gelecektim? Hayır. Kaç kere anlattım, izah ettim. Olmaz artık Volkan, olmayacak. Mutluyum ben... Artık evime çıkmak istiyorum."

"Konuşmamız lazım, ben de geliyorum."

Çaresiz kaldığımda çok sinirli olurum. Israrı hiç sevmem ve gerektiğinde hala çok çirkefleşebiliyorum neyse ki... "Sen hiçbir yere gelmiyorsun" diye çığlık çığlığa bağırarak apartmanın kapısını yüzüne kapattım.

Önceki haftalarda çeşitli yerlerden ulaşmaya çalışmıştı Volkan. Her ulaştığı yerden engellemeyi denedim ama mail'den ve imessage'dan engelleyemediğimden, eylemlerine oralardan devam etti. Bense mesajlara ve maillere hiç bakmamayı seçtim. Volkan'ı o kadar iyi tanıyordum ki, sadece onunla barışmayı kabul etmem için yapıyordu. Hayatında hiçbir şeyi değiştirmediğinden, hiçbir yoğunluğunun hafiflemediğinden adım gibi emindim.

Geçen bu süre zarfında Orbay'la kısa bir tatile çıkmış, dönüş yolunda ailesiyle tanışmış, döndükten sonra da haftanın çoğu gününü onunla geçirmeye başlamıştım. Tutkulu bir aşktan ziyade oturmuş bir ilişki içindeydik sanırım. Güveniyordum, güvendiğim için sakin kalabiliyordum. Her nasıl olduysa yapışmıyordum ve kaybetme korkusu yaşamıyordum.

Eski ilişkilerimde gerçekten yapışıyor, her an benimle ilgilensin, benden başka işi olmasın, benden başkasına değer vermesin, ailesi bile ikinci sırada gelsin istiyordum. Bunun karşılığında karşı taraf kendisine gerçek manada yapıştığımı ve biraz rahat bırakmam gerektiğini söylüyordu. Benim cevabımsa daha çok yapışmak ve uzak durulduğunda da dram yaratıp saatlerce ağlamalı uzun kavgalar etmek oluyordu. Neyse ki o halim çok geride kalmıştı.

Terapistim gidişattan çok memnundu, artık bir yetişkin gibi davranıyordum. Beni iyileştirmişti Orbay. Hayattan keyif almayı, keyif almak için yaşamayı öğretmişti. Hayatımda ilk kez biri için "Onsuz ne yaparım?" demiyordum. Beni büyütmüştü çünkü. Onsuz birçok şey yapabilirdim ama o olursa daha mutlu olurdum.

Böyle bir adamla olmak yerine neden Volkan'la barışayım ki? Eski karısının yazdığı habere göre Volkan zaten anne ve babasıyla bu sene aynı oyunda yer alacaktı. Neden kendimi huzursuz olacağım şeyin içine bile bile atayım?

Diğer yandan Orbay'ın ailesi çok şeker, mütevazı ve misafirperverdi. Orbay'ın geleceğimizle ilgili birçok planı vardı ama bu planlar aile olmakla alakalı değildi. Daha çok gidilecek, görülecek yerlere dairdi ama bundan çok memnundum. Yol arkadaşlığını seviyordum. Bunları düşünürken kapı çaldı, boş bulunup hemen açtım. Volkan kapıyı zorladı ve içeri girdi.

"Gir içeri Müge, konuşmadan gitmeyeceğim. Tüm gece burada bekledim. Sabaha karşı üçte geldim. Şu an saat öğlen bir. Bu kadar zaman bunun için beklemedim. Geç otur. Sakın tek kelime etme, anlatacaklarım var."

Çaresiz geçtim oturdum. Benim gerizekalılığımın eseriydi çünkü evimde olması.

"Sorun nerede başladı bilmiyorum. Çok düşündüm. Kendimi sana hep doğru ifade ettim. Tutamayacağım sözler vermedim."

"Volkan, sen aylarca sadece aradın, özledim dedin. Kimseyle birlikte olmadığımdan emin olunca yine ortadan kayboldun. Seninki özlem bile değildi, meraktı."

"Hayır, hiç öyle düşünmedim. Ben gerçekten çok özledim. Ama her seferinde bir şey engel oldu. Hep çok vaktimiz olsun diye erteledim. Set çıkışı seni göremez miydim? Gece iki bile olsa görürdüm evet ama senin ertesi sabah işin vardı, seni uykundan etmek istemedim. Dizinin yemeklerine her seferinde gelsen mi diye düşündüm, hepsinde de gerçekten erkek erkeğeydik neredeyse. Bir yerden sonra içip içip dertleşmeye dönüyordu her yemek, sen sıkılırsın diye istemedim."

"Bunlar değildi ki sorun. Yani özleyen insan böyle şeylerin hesabına girmez. İsteyen yanında dolaştırıyor sevgilisini, her yere gidiyor, çekinmiyor. Neyse zaten bunları düşünmüyorum bile, geçti gitti."

"Hayır, ben açıklamak istiyorum. Çünkü benden nefret ediyorsun. İstemezsen tabii ki dönme bana ama ben seni gerçekten çok seviyordum. Senden başkasıyla olmayı hiç düşünmedim bile. Sensiz olan her anımda zaten tek başımaydım."

Beni aldattığını hiç düşünmemiştim zaten Volkan'ın. Ama gerçekten özlemenin ne olduğunu çok iyi biliyordum. Hiçbir zaman vakit yaratmamıştı. Hiçbir zaman yanımda olmayı seçmemişti. Yılbaşında bile yapayalnızdım ve Volkan arkadaşlarıylaydı.

"Volkan, bu ilişki aslında yılbaşında bitti. Zaten daha fazla sürmemeliydi."

"Biliyorum, anlıyorum. Düzeltmek çok zor, farkındayım. Ama hata işte, insan hata yapabiliyor, ne diyeyim, ne yapayım? Sadece kötü niyetle yapmadım, bu kadar kırılacağını düşünmedim."

"Evet işte bilerek yapmadın, bu senin yapın. Yapını değiştiremezsin Volkan. Şimdi onu yapmazsın başka bir şey yaparsın. Ben zaten seninle uyuşamam artık. Hakikaten çok huzurluyum. Lütfen, beni gerçekten sevdiysen mutlu olmamı istersin zaten. Müsaade et, ilişkimi doğru düzgün yaşayayım."

Omuzları düştü, derin bir nefes verdi.

"Peki, öyle diyorsan öyle olsun. Bana söyleyecek bir şey bırakmadın."

Kapıyı arkasından kapayıp gitti. İçimden bir şeyler aktı. Hüzün çöktü...

Mükemmel Bir Son

Volkan'ın özlemi bayat ekmek, yer misin? Aç mısın gerçekten?

Volkan'ı hiç özlememiş, o gün söylediklerinden hiç etkilenmemiş ve yaptığımdan da pişman olmamıştım. Ama aylar sonra ilk kez kararlı olduğumu, içimde yaprak bile kımıldamadığını görmek beni çok etkilemişti. İnsanlar öyle ya da böyle iyileşiyordu demek ki. Çivi çiviyi söker gibi bir şeyden bahsetmiyorum, birinin bir başkasını alıp iyileştirmesinden, güzel ve gerçek şeyleri tattırıp doyurmasından bahsediyorum. Gerçek tokluk, duygusal olarak sağlam olduğunda hissettiğindi...

Sıradaki terapi günümde terapistime Volkan'ın dönüşünü ama bundan hiç etkilenmeyişimi anlattım. Daha doğrusu müjdeledim. Eskiden olsa her "Özledim" dediğinde affederdim. İnanırdım. Beni kandırırdı, sonra yine ortalarda görünmezdi, anlatmıştım. O da beni bu durumla biraz yüzleştirmek istedi. Bu kez sanırım onu reddetmemin ardından farklı bir değerlendirme yapacaktık.

"Peki Volkan'a her seferinde kanan hangi Müge'ydi hatırlıyor musunuz? Yetişkin mi? Çocuk mu?"

Biraz düşündüm, cevabı ben de bilmiyordum. Aslında cevap biraz karışıktı.

"Çocuk demek isterdim ama aslında öyle değildi. Her şey empati yüzündendi. Empati kuruyordum. Empatinin fazlası insan ilişkilerini zehirliyormuş. Her aradığında, her anlattığı şeyde ona hak veriyordum. Kendimi sürekli onun yerine koyuyordum. Onun ihtiyaçları, onun yoğunluğu, onun haklı ilgisizliği... Her seferinde ikna oluyordum. Üstelik o beni ikna etmiyor, o bana birkaç ipucu veriyor, ben o ipuçlarından giderek kendimi ikna ediyordum. Kendimi kandırıyordum diyelim."

"Şöyle... Hitler'in bile haklı gerekçeleri vardı eminim. Onu da konuştursak, kendine göre haklıydı. Fakat olay haklılık, iyilik, kötülük değil. Olay empati de değil; sınır çizebilmek. Sınır çizebilen insanlar ne yapıyor da sınır çizebiliyorlar biliyor musunuz? Neden sınır çizebiliyorlar? Daha az sevgi duydukları için mi? Bence hayır?!"

Devamını getirmem için bekliyordu. Bu bir soru cümlesiydi ve cevabını biliyordum çünkü.

"Korumak. Evet, bunu daha önce de konuşmuştuk, Volkan'dan ayrılırken kendimi nasıl bir yetişkin gibi koruduğumdan bahsetmiştik. Çok üzülüyorum diye ayrılmıştım, aslında. Çok severken kendimi korumaya almak içindi, evet. Ama istikrarlı olamıyordum hiç. Her seferinde nasıl oluyorsa geri dönüp beni tavlıyordu. Bir kez daha, bir kez daha... Özledim dediği an..."

Cümlemi böldü, yine bana öğrendiğim her şeyi tekrar ettirecekti bir seans daha, anlaşıldı.

Mükemmel Bir Son

"Hangi Müge özlenilmeye bu kadar muhtaçtı?"

"Yaralı çocuk olan. Biliyorum yaralı çocuk olduğumdan da bahsetmiştik. Peki, ne değişti?"

"Bu durum bir anda değil, zamanla geçti. Hızlıca yok edilemiyor, bunun üzerine ilk tespitimizden beri çalışıyoruz. Büyük ihtimalle sağlıklı yetişkin modundasınız artık. Biri sizi özlediğini söylediğinde, size ne gibi bir durumda samimi gelir? Düzenli, gerçek bir ilişkide. Yani Volkan'la olan ilişkiniz gibi bir ilişkide samimi gelmez, Orbay'la olan ilişkinizdeyse samimi gelir. Çünkü muhtaç bir çocuk kuru kuru 'özlenmeye' tutunur, sağlıklı bir yetişkin değil. Sağlıklı bir yetişkin kelimenin tam anlamıyla toktur. Siz zaten tokken, önünüze kuru bir parça ekmek gibi konulan 'özledim'i yemezsiniz. Volkan size döndüğünde siz toktunuz. Çünkü gerçek ve güzel duygularla doymuştunuz."

Seanstan çıktığımda o kadar hafiflemiştim ki Orbay'a nasıl teşekkür etsem bilemiyordum. Zaten bu teşekkürün nedenini de anlamayacaktı. Gidip dram yaratmaya gerek yoktu. Ben teşekkürümü Volkan'a o kadar net konuşarak etmiştim.

Eskiden olsa bu coşkuyla, "Beni iyileştirdi, beni sevdi, hemen yanına gidip bana neler yaptığını, ne iyi bir insan olduğunu, onun yanında ne kadar da mutlu olduğumu anlatayım" der, hiç vakit kaybetmeden yanına gider, dertleşir, ilgiyi üzerime çeker, şefkat depolar, sonra da nasıl oluyorsa(!) adamı kaybederdim.

Sonra ne oldu? Bu kadar içimi açmayı kendime yasakladım. Bazı şeyler gizemli kalmalıydı. Bazı coşkuları içinde yaşamalıydın. Bazen teşekkürünü içinden edip, başına gelen şeylere şükredip yoluna devam etmeliydin.

Bu da Girls'ün ikinci sezon beşinci bölümüne denk gelir. Karşındaki adama içini gereksizce açarsan gider. İçini açma. Eğlenceni bölecekse, ortamın içine edecekse, açma o dertleri.

*"çok mutlusun ama sen mutluluğu hak
etmiyormuşsun, her an elinden gidebilirmiş,
zaten giderse de normalmiş gibi sanki,
tuhaf..."*

"Mügecim n'aber?"

Atölyeyle yeni ürünlerin yazışmalarını yaparken telefonuma Nil'den "Mügecim n'aber?" diye bir mesaj geldi. Şimdi bir kere Nil bana "Mügecim" demez. En son zaten aramız kötüydü, bana neden mesaj attı? Neden bu zoraki samimiyet bir de?

"İyidir, sen?"
"İyiyim ben de, bir kahve içelim mi? Sana bomba bir haberim var."
"Olur, gelsene bana. Şimdi bilgisayar başından kalkarsam toparlayamam ama sen gelene kadar da işlerimi bitiririm."

Nil'in gelmesi nasılsa bir saati bulurdu, ben ona buzlu kahve yapar, aramızdaki soğukluğu da giderirdim. Mailleri attıktan sonra kalkıp üstümü değiştirdim, mutfağı biraz toparladım ve Nil sonunda geldi.

Son gördüğümden beri çok değişmiş, toparlanmış ve güzelleşmişti. O gözlerdeki ayrılık acısı yerini flört parıltısına bırakmıştı. Bu bakışı iyi bilirim; Volkan'la ilk zamanlarımızda -Yeliz ondan bu kadar nefret etmiyorken yani- ilk seksimizi yaptığımızın ertesi günü Yeliz'e yorganı burnuma kadar çekip sadece gözlerimin gözüktüğü bir fotoğraf göndermiştim. Gözlerim öyle güzel parlıyordu ki, Yeliz sadece "Seksin hayırlı olsun arkadaşım" yazmıştı bana.

Şimdi bu bir çift parlayan göz karşımda oturmuş, bana bakıyordu.

"Anlatsana hadi, bak kahveleri hemen hazırlayayım diye buzlu yaptım."
"Biraz süründürsem mi seni Mügeee?"

O bakışlar değişti biraz, o aşktan parıl parıl bakmalar falan kalmadı. Dur bakalım ne çıkacak altından. Telefonuna mesaj geldi bu arada, bakıp ters çevirdi. Bunun böyle huyları yoktu. Artık nasıl bir şey yaşıyorsa herhalde nazar değdirmemden korkuyordu.

"Tamam hadi, telefonu da ters çevirdin, anlat, başla!"
"Önce küçük bombayı söyleyeyim, Hakan geri döndü."
"Aaaaaa oha çok sevindim. Neresi küçük bunun? E büyük bomba da evleniyorsunuz herhalde? Harika! Süper gördüm seni, o kadar güzel parlıyor ki gözlerin aşktan... Ahh bee, gel sarılıcam."

Kalktım, aynı annemin bana saçma bahaneler bulup sarılması gibi sarıldım bu bahaneyle. Orbay'ın yanılmasına o kadar sevinmiştim ki içten içe, sonunda aşk kazanmıştı çünkü. Çünkü normalde terk ettiği kimseye dönmese de aşık olunca dayanamıyor dönüyordu bu adamlar...

"Yok aslında, Hakan'a çok yüz vermedim. O dönene kadar ben o acıyı yaşadım, bitti. Tamamen unuttum Müge ya, isterdim ki senin kadar sevineyim ama o dönüş bana yaramaz o kadar ara verdikten sonra."

"Ya Volkan'la ben mesela, evet haklısın."

Birden telefonuna sarıldı, gelen mesaja cevap verdi. E kiminle konuşuyor o zaman? Büyük bomba ne? Ne kadar çabuk başkasını bulabildi?

"Peki o zaman, şu diğer bombaya geçelim hemen. Bu gözler kimin yüzünden parlıyor hemen anlatıyorsun. Nerede tanıştın, nasıl tanıştın, hepsini istiyorum."

"Ya aslında uzaktan tanıdığım biriydi, öyle birden gelişti. O da biraz dertliydi, buluştuk, o gece başladı. Yatmasak başlar mıydı bilmiyorum ama aşık oldum o gece. Müge inanamazsın çok büyük bir aşk, hiç olmayacak biriyle hem de. O kadar alakasızdık ki… İşte kötü şeyleri yaşamam gerekiyormuş bu mükafat için. Çok mutluyum, herkesi affettim. İçim çok rahat, çok huzurlu."

Birine aşık olmak ve üstüne de bu kadar mutlu olmak, insana tüm kavgalarını unutturuyor, herkesi affettiriyor, nasıl da hafifletiyor… Nil adına çok mutlu oldum, beni böylesine çabuk affettiren bu aşka biraz özendim, galiba birazcık da yerinde olmak istedim.

Nil çok fazla kalmadı. İç çamaşırı alışverişine çıkması gerekiyormuş. Seks hayatları o kadar güzelmiş ki, bu ilişki biraz masraflı başlamış daha şimdiden, ama olsunmuş. Ona da değermiş, hepsine, her şeye değermiş.

Bir huzur, bir öfke, bir plan...
Gün şimdiden tamam...

Gözlerimi açtığımda Orbay yanımdaydı. Belli ki o da gözlerini yeni açmış, kısık kısık bakıyordu karşıya. Sonra benim uyandığımı fark etti, tek eliyle yüzümü sıktı, beni yine kendine doğru çekip sarıldı. Hiç konuşmadık. Rüzgar vardı, perdeler uçuşuyordu. Tarifsiz bir huzurdu yaşadığım. Hiç kıpırdamadan saatlerce öyle kalabilirdim...

Kendimizi öyle kaptırmıştık ki, huzuru tam anlamıyla yaşamak için gözlerimizi kapayınca geri uyuduk. Uyanıp komodindeki aynayı aldım, ben kıpırdayınca Orbay da uyandı zaten. Bu gereğinden uzun süren huzur uykusundan balon gibi olmuş gözlerimize bakıp güldük. Sonra seviştik, sonra yüzümüz birbirimize dönük uzandık. Eli elimin üstünde, mutlu mutlu bakışıyorduk. Sessizliği o bozdu.

"Geçen gün Nil geldi, benimle konuşmaya."
"Ne için gelmiş? Hakan olayı mı?"
"Hayır, biraz konuşup rahatlamak için anladığım kadarıyla."

"Allah Allah, neden seninle rahatlamayı seçmiş peki?"
"Volkan meselesini anlattı."

Artık gerçekten kan beynime sıçramıştı. Ne alaka şimdi? Bir önceki ilişkimi niye Orbay'a anlatıyorsun düşman gibi? Hani barışmıştık, hani herkesi affetmiştin?

"Volkan meselesi ne alaka? Ne meselesiymiş daha doğrusu, bitmiş gitmiş bir ilişkiden neden bahsetti?"
"Volkan'la görüşmüş. Volkan geçen gün buraya geldiğini anlatmış ona."

Artık beynim uyuşmuştu. Kıpkırmızı olduğumu, damarlarımın attığını hissedebiliyordum. Her huzur dolu anım, her güzel başlayan günüm rezil olsun değil mi? Hiç huzurla tamamlanmasın...

"Sana anlatılacak bir şey yoktu yine, geldi, gitti. Seninle konuşacağım son konu bile değil, o derece önemsiz ve tatsız."

Elimi taa Volkan adı geçtiğinde bırakmıştı zaten. Arkasına yaslandı, telefonuna baktı. Gitmek zorunda olduğunu, geç kaldığını söyleseydi herhalde kapıyı üzerine kilitlerdim çünkü bu kriz anında bu odayı kimse terk edemezdi.

"Bana anlatmamana da şaşırmadım, ben de sana anlatmazdım muhtemelen. Sadece eski ilişkin hakkında çok fazla bir şey bilmediğimi fark ettim. Onlar herkes hakkında ipucu verir ya... Eminim benimki de senin için öyle olmuştu ilk zamanlar."

"Eski ilişkilerimde bir şey yok ki, Volkan meselesini anlattım biraz da olsa. Yanlıştı baştan sona. Benim isteklerime ve ihtiyaçlarıma uygun değildi. Ben de ona uygun değildim bence. Sadece kimyamız uyuşuyordu, o da bir süre zorlamamızı sağladı anca."

"Takılmak gibi mi?"

"Hayır çok aşık gibiydik ama mutsuzdum. Daha önce de anlattığım gibi, ben ondan birçok kez ayrıldım. Her seferinde barışıp tekrar dener gibi olduk ama olmadı, bir türlü çözemedik sorunlarımızı. Uzun süre konuşmamıştık ki sen çıktın ve o konu bir daha açılmamak üzere kapandı."

"Ben olmasam belki de tekrar deneyecektiniz yani?"

"Bilmiyorum ki... İnsan içindeyken bilemiyor, uzaktan bakınca anlaşılıyor. Çok yanlış bir şeyi kovalamışız. Ama şimdi doğruyu ve olması gerekeni yaşayınca anlıyorsun."

"Neyse zaten sanırım onlar görüşmeye başlamışlar Nil'le. Hani böyle yaralarımızı saralım ilişkileri olur ya, onlardan herhalde bunlarınki de."

Şok oldum... İnsan yaşattığını yaşamadan ölmezmiş ya... Ama bari gerçek bir şeyler yüzünden başlasaydı, hırs yüzünden değil...

Bana geldi, gözleri nasıl da parlıyordu, anlattı. İsmini sormayı bile akıl edemedim onun adına mutlu olmaktan... Hayat, insanlar bu kadar acımasız olmamalıydı...

Buz kestim. Öylece boşluğa bakakaldım.

Oha!

Orbay beni inceliyordu ona baktığımda. Ne hissettiğimi anlamaya çalışıyordu ama ben bile ne hissettiğimi bilmiyordum. Büyük bir şok yaşıyordum. Böyle nefreti, böyle ihaneti hak edecek hiçbir şey yapmamıştım çünkü. Hangisi bana karşı daha sorumlu olmalıydı onu da bilmiyordum zaten, kime kızmalıydım?

"Ne düşünüyorsun uzun uzun?"
"Nil'in öfkesinin nedenini... Bu öfkeyle daha neler yapabileceğini..."

Derin bir nefes aldım, gözlerim dolar gibi oldu ama yutkundum.

"Nil bana geldi Orbay. Çok mutlu olduğunu, çok aşık olduğunu söyledi. İç çamaşırı almak için de yanımdan ayrıldı. O kadar aşıkmış ki herkesi, her şeyi affetmiş, bir de böyle söyledi."
"Ne yapabilir ki daha fazla? Bana da geldi, anlatmak istediklerini anlattı. Volkan'la takılmaya başladı... Bence alacağını almıştır, takma o kadar, ben buradayım işte."

Göğsüne başımı koyup sarıldım. Hiç bu kadar içten sarılmamış ve hiç bu kadar mutlu olmamıştım benimle olduğuna.

"Volkan kısmı zaten umurumda değil, kiminle isterse onunla olsun. Ondan sadakat bekleyecek değilim. İnsan arkadaşlarına güvenmek istiyor sadece. Yanımda olduğun için o kadar şanslıyım ki Orbay, teşekkür ederim böyle biri olduğun için."

Benden daha sıkı sarıldı. Uzun uzun öpüştük, yataktan uzun süre çıkmadık. İşe gitmeyeceğini anladım.

Mükemmel Bir Son

"Benimle Ayvalık'a taşınır mısın? Orada bir yer açarız, kafemiz olur, sen tasarımlarını orada da satarsın, herkesten, her şeyden uzak yaşarız."

O kadar ani bir teklifti ve düşünmeme öyle gerek yoktu ki, direkt kabul ettim.

"Ne zaman gidiyoruz?"
"Nil ile konuştuktan sonra haber gönderdim aslında oradaki arkadaşlarıma, ev ve dükkan baksınlar diye. Bu ayı bitirelim, sonra gider bakarız. Sonra da yavaş yavaş İstanbul'la vedalaşırız. Olur mu? Hazır mısın buna?"
"Hazırım, hemen gidiyoruz desen de hazırdım zaten."

Orbay hayatımın en büyük aşkı değildi ama tüm ömrümü birlikte geçireceğim tek kişiydi. Çok seviyordum, çok hoşlanıyordum, onunla çok mutluydum, rahattım, huzurluydum, güveniyordum, anlatıyordum, anlıyordum... Orbay benim için doğru olan tek kişiydi, buna hiç şüphem yoktu.

Bizimkiler nasılsa bir şey demezdi. Sadece daha sakin bir şehre taşınacaktım. Belki bir-iki seneye evlenirdik hem. Belki sonra da çocuk. Belki de yapamaz, oradan da taşınırdık.

Huzur ile başlayıp kabusa dönen ve sonra da bana yeni bir hayatın kapılarını aralayan gün henüz bitmemişti ve acaba daha neler vardı karşılaşacağım?

İlişkiler öyle hemen
halka açılmıyor

Benim arkadaşlarımdan bir destek ve hayır göremeyen ilişkimizde bu kez Orbay'ın arkadaşlarındaydı sıra. Hiçbiriyle doğru düzgün tanışmamıştım. Bazılarıyla birbirimizden haberdardık ama o kadar. Hiç birlikte vakit geçirmemiştik. İlişkiler öyle hemen halka açılmıyor çünkü. Önce baş başa flört ediyorsun, sonra bol bol sevişiyorsun, sonra karşındakinden emin oluyorsun ve sonra sıra arkadaşlarla tanıştırmaya geliyor. Arkadaşlara ayrılan dönem çok uzun bir dönem zaten, ailelerle tanışana kadar ilişki arkadaşların gözetiminde sürüyor. Onların onayı, seninle iyi anlaşması önemli tabii...

Başar'la olan ilişkimde arkadaşlarını sevmiş, onlara alışmış, sonra çoğuyla kavga etmiş, son dönemde de eve sokmamaya başlamıştım. Böyle olunca da ilişkimiz bittiğinde kimse "Bitmesin" dememişti herhalde. Bir kişi bile beni aramamıştı. Dışarıda onlardan biriyle karşılaşmak benim için kabus olabilirdi.

Volkan'la zaten doğru düzgün ilişkimiz bile olamadığı için arkadaşlarla tanışmaya geçemedik. Flörtten sonra sevişme dönemine girdik, o ilişkiyi zirvede bıraktık.

Ama Orbay'la gerekli olgunluğa erişmişti bu ilişki, hatta benimkiler sayesinde badire bile atlatmıştı. Şimdi sıra onunkilerdeydi. Zaten aileyle de tanışmıştım. Çok arkadaş canlısı değilimdir bu arada, işim için kendimi aştığım söylenebilir tabii ama normalde tercihim bu kadar çok insanla tanışmak değildi. O yüzden Orbay'ın Ayvalık teklifi çok cazip gelmişti. Neyse, kaderde hepsiyle tanışıp öyle gitmek varmış. Misafir ağırlayacağız yani orada da, benim bu işten anladığım bu.

Herkesle haberleşildi, yakın arkadaşlarının hepsi Any'de toplanmıştı. Taksiyle geçerken beni de aldı Orbay. Böyle tanışmalara ne giyeceğini de bilemiyor insan. Süslenmek fazla, salaşlık ayıp. Hem sevgilin seninle gurur duyacak, hem o an seni beğenmese de bu hal ne diyemeyecek...

Yanlarına gittiğimde erkek ağırlıklı, kızların da çok neşeli olduğu beyaz yakalı bir ekiple karşılaştım. Beyaz yakalıları nerede görsem tanırım. Sosyal hayatlarında bile iş için aldıkları tarz kıyafetlerden çok uzaklaşamazlar. Hep hanımefendi ve beyefendi görünürler. İşinden geldiği gibi metalci haline geri döneni hiç görmedim mesela.

Bunlar da belli ki çalışması kolay, anlaşması kolay, genç ve umut dolu tiplerdi. Halimden memnun etrafa bakınırken uzun, çirkin, yaşlanınca nasıl kambur ve çökmüş olacağını tahmin ettiğim bir arkadaşı geldi yanıma birasıyla.

Mükemmel Bir Son

"Sen kimsin?"

"Müge'yim."

"Tamam da kimsin? Belli ki model değilsin. Bakayım ellerine, sanatçıya da benzemiyorsun. Kılık kıyafet de beyaz yaka değil. Ne iş yapıyorsun?"

"Tasarımcıyım ben. Çanta tasarlıyorum, markam var."

"Haaa amaaan herkes de tasarımcı, boşversene."

"Aynen."

Bozulmamı bekliyorsa bozulacak değildim. Tasarım kavgası mı vereyim orada bununla ya da "Zengin koca bulan tasarımcı oluyor" mu diyeyim?

Göz ucuyla Orbay'a bakıyordu, Orbay da telefonuna.

"Nerde oturuyorsun?"

"Beşiktaş."

"Neden Beşiktaş? Ne zamandan beri?"

"Bir seneyi geçti."

"Daha önce neredeydin?"

"Gümüşsuyu."

"Oradan niye ayrıldın?"

"Sevgilimden ayrıldım."

"Sevgilinden neden ayrıldın?"

"Ya kavga falan etmişizdir, nereden hatırlayayım şimdi?"

"Orbay bu erkek gibi kanka, bunu aldığın yere geri bırak."

Orbay gelip saçımdan öptü.

"En güzel kadın o, sen anlamazsın."

Bu uzun çocuğun adı Alkan'dı. Alkan belli ki sonradan çok seveceğim, o anda da beni sevmeye başlayan ama bunu çaktırmak istemeyen, grubun kötü polisiydi. Birden fazla uzun ilişkinin sana getirisi işte bunlardı. Bu tipleri, arkadaş gruplarını, aileyle tanışmayı, yalandan samimiyeti ya da küçük testleri artık adın gibi biliyordun.

Eskiden o kadar saftık ki sevgililerimizin arkadaşlarıyla asla muhatap olmuyorduk. Terk edildiğimizde de hayallerimizdeki gibi geri dönmeler, kopamamalar, haber alıp acı çekmeler falan olamıyordu. Halbuki arkadaşlarını arkadaş bilip aile gibi olsan, ayrıldığında ona istediğin gibi haber uçurabileceksin, kıskandırabileceksin, böylece sana geri dönmesini sağlayacaksın.

Neyse ki bunları geride bırakmıştım. Ayrılınca geri dönsün diye değil, ilişki süresince içi rahat etsin, huzurlu olsun, bir şey yapmak istediğinde ikimizden birini seçmek zorunda kalmasın ve ayrıldıktan sonra çaresizlikten bana yapışmasın diye arkadaşlarını etrafında tutmalıydım.

Herkes başka konulara geçmiş konuşurken Orbay bana sarıldı.

"Alkan aslında seni çok sevdi. Sevmeyecek gibi olsaydı zaten ben tanıştırıp gerilme ihtimalini göze alamazdım. Zaten söyler misin bana seni kim sevmez?"

Geriye çekildim, yüzüne baktım, ne diyeceğimi bilemedim. Böyle durumlarda ne denir ki zaten, bence kim olsa bilemezdi.

Gece Alkan'ın evinde sonlandı. En son bize misafir odasını gösteriyor, orada kalabileceğimizi söylüyordu. Yurtdışına gittiğinde benim arada bir evine gelip kedisine bakıp bakamayacağımı sormayı da ihmal etmedi tabii.

Belki de yaşadığın her şeyin seninle hiç alakası olmayan bir nedeni vardır

İki ay önce ilişkilerini öğrendiğim eski arkadaşım Nil ve eski sevgilim Volkan, nişan haberlerini duyurmakta gecikmemişlerdi. Herkes beni arıyordu. Herkes iyi olup olmadığımı merak ediyordu. Bense birlikte oldukları haberini aldığım günden beri hiç konuşmamıştım bu konu hakkında. Nil dahil kimseyle. Nil zaten Orbay'ın bana anlatacağını bildiği için sonrasında bana yazmaya gerek duymamıştı. Yapacağını yapmıştı, içi artık tam manasıyla rahattı.

Volkan benim için zaten çok fazla şey ifade etmiyordu. Ama birinin seni çok istediğini söylediği halde sana hiç vakit ayırmamasından daha kötü olan bir şey vardı işte; senden sonraki sevgilisine tüm vaktini ayırması... Senin ilişki bile kuramadığın adamın, senden hemen sonra aile kurması... Seninleyken çocuk istemeyen birinin senden sonrakiyle boy boy çocuk yapması... Seni aldatmadan duramayan birinin, senden sonrakine kul köle olması...

Eğer yalnız olsaydım bu şoku atlatamayabilirdim. Ya da yalnız olsaydım zaten birlikte olmazlardı. Bu yüzden sanırım benim başkasıyla birlikte olup Nil'e ihanet etmem gerekiyormuş Nil'in evlenebilmesi için. Ne güzel...

Aylardır süren ilişkimde, sürekli ertelenen Ayvalık planımızda ne bir evlilik lafı ne de ailelerin tanışmasına yer vardı. İyi ki bizimkilere hemen taşınıyorum demek yerine bunun sadece gerçekleşeceğini umduğum bir plan olduğunu söylemişim.

Orbay'la olan ilişkim, başkalarının ilişkisiyle karşılaştırmadığımda hala çok güzel ve huzur vericiydi. Başkalarınınkiyle karşılaştıracak olsaydım ona tek bir şey söylerdim: "Elalem kısacık zamanda neler yapıyor, biz hala sende mi kalıcaz bende mi noktasındayız."

Yeliz'le buluştum. Tüm kötümserliğine rağmen, daha fazla ne acıtabilir beni diyerek buluştum gitti. Hiç şok olmuş gibi değildi, zaten telefonuyla oynarken dinledi beni. Umursamaz bir ifadeyle yüzüme bakıp telefonu masaya yavaşça bıraktı ve yorumunu yaptı.

"Ya hayat böyle, senin Volkan'la olan ilişkinin bir türlü gerçek ve doğru bir ilişki olmamasının nedeni demek ki buymuş. Sizin eğer gerçek bir ilişkiniz olsaydı, seni bence toparlayamazdık."

Aslında benim de düşündüğüm ama tam olarak ifade edemediğim şeyi söylemişti bir anda. Bir türlü gerçek ve doğru bir ilişki olamamıştı bizimkisi, evet.

"Doğru söylüyorsun da kaderin mantığını hala anlamadım. Mesela oldu da biz evlendik, bunlar yine mi ilişki yaşayacaktı?"

"Ya siz evlenmeyecektiniz işte. Sen bunlardan çok önce Orbay'la karşılaşıp Volkan'ın barışma teklifini reddederek ilişkiyi tamamen bitirdiğin için çok şanslısın. Bence bu konuyu böyle düşün ve kapat, üzerine de bir daha konuşma. Zaten Nil hayatında olsa ne olur olmasa ne olur, boşversene."

Konuyu kapatmak istiyordu ve Volkan'dan o kadar hoşlanmıyordu ki, onunla ilgili konulara ayıracak bir dakikası bile yoktu Yeliz'in. Ama ne yapayım? Ona anlatmayıp kime anlatayım?

"Elimde değil, aklıma geliyor. Başkasının başına gelse de bu kadar düşünürdüm üzerine. Mesela Nil'in hayatına girme nedenim onu evleneceği adamla tanıştırmak mıymış?"

"Hay Allah'ım, bize ne hayatın Nil'e hazırladığı sürprizlerden? Gerçekten konuşmak istemiyorum bu konu hakkında."

"Sence evlenecekler mi?"

Oturduğu yerden doğruldu, ayağa kalkar gibi oldu.

"Müge bak gidiyorum artık."

"Ya hislerin çok güçlü senin, ne olur söylesen!"

"Bırak konuşmak istemiyorum. Ben zaten Volkan'ı sevmiyordum. İyi oldu. Nil'i de oldum olası sevmem. Tertemiz kurtuldun ikisinden de bundan iyisi can sağlığı."

Yeliz oldukça karamsardı ama birini sevmezse ya da sevmekten vazgeçerse, bununla alakalı çok geçerli nedenleri ve güçlü hisleri olurdu. Kötü yorumlarını duymak beni genelde etkilediğinden ilişkilerim esnasında Yeliz'i sessize alırdım. Bunu yaptığım için hiç pişmanlık duymadım, yine olsa yine yaparım.

O gece ve ertesi gece Orbay bende kalmadı. Sanırım Nil ve Volkan'ın evleneceği haberini o da almıştı ve beni biraz yalnız bırakmayı düşündü. Yanımda olmasını tercih ederdim ama başkasının doğrusunu değiştiremiyorsun işte. Ben bana destek olsun derken, o bu esnada ona tutunmamı istememişti belli ki.

Orbay'ın dürüst olmak adına verdiği cevaplara önceleri biraz bozuluyordum. Bir keresinde eve dönmeyi planlarken benimle arkadaşımın doğum günü partisine gelmiş, "Benimle olmak mı ağır bastı yoksa eve gitmemek mi?" diye sorduğumda da "Eve gitmemek" cevabını vermişti. Önce biraz bozuldum, sonra bunu söylerken elimi tuttuğunu fark ettim, sonra da onu böyle kabul etmem gerektiğini anladım. Volkan olsaydı "Seninle olmak istemesem burada işim ne, gidecek başka yer mi yok?" derdi. Başar olsa zaten direkt eve giderdi.

Orbay'la aramızda tutkunun t'sinin olmaması arada bir daraltıyor ve karamsarlığa itiyordu beni. Elbette tercih edilen şey huzur süpürgesi olmamak, son derece huzurlu olan ilişkinin tadını çıkarmaktı ama insan bazen gerekirse yalan söylensin, gerekirse kandırılsın ama ne olursa olsun büyük, aşk dolu cümleler duysun istiyor... Orbay böyle şeyler duymamaya beni alıştırırsa, ben eski ben olur muydum?

Mükemmel Bir Son

Bu konuda Volkan gerçekten bir kadının tüm ihtiyaçlarını biliyor gibiydi. İlişkimizin en başlarında, daha flört ederken, bir sanat dergisine röportaj vermişti. O dergiyi arıyorduk almak için. Ben de ilişkinin başındaki şımarıklıkla "Benden bahsettin mi?" diye sormuştum. Volkan hiç tuhaf karşılamadı ya da dürüstlük yapmaya gerek görmedi. "Aslında bahsettim ama yayınlandı mı bilmiyorum. Bulalım, bakarız" demişti. Evet, doğru değildi ama mutlu olmuştum ben o cevabı alınca.

Beni aylarca Volkan'a bağlayan şeyler bunlardı. Volkan sana hep duymak istediğini ya da ona en yakın şeyi söylerdi. Volkan bir kadının ihtiyaç duyabileceği her şeye sahipti. Ama o beni değil, Nil'i seçti.

Her şey çok güzel olacak

Orbay'ı aramaya çekiniyor, zaten arasam da bu ruh haliyle ona nasıl davranacağımı kestiremiyordum. Buna karşılık onun beni aramasını bekliyor, aramadığı her saat sonunda öfkelenip yeni bir intikam planı yapıyordum.

Yine bir an Instagram'daki keşfet sayfamı turlarken Orbay'la eski sevgilisinin etiketli olduğu bir fotoğrafa denk geldim. Fotoğraf yepyeniydi, henüz çekilmişti. Orbay pek fotoğraf paylaşmazdı. Yine paylaşmamıştı, paylaşan yine başkasıydı; o kız.

İkisi yan yana oturuyordu, gülümsüyorlardı. Altında da *"Her şey çok güzel olacak"* yazıyordu. Nasıl yani, hadi barıştınız, ne çabuk her şeyi hallettiniz? Nasıl dün ayrılmış, bugün barışmış gibi tertemiz durabiliyorsunuz yan yana?

Başım dönüyordu. Elimi alnıma götürüp fotoğrafa uzun uzun bakarken bunun kötü bir rüya olduğunu düşündüm ilk önce. Sonra rüya olmadığını anladım, Orbay'ı asla ama asla aramayacaktım. Volkan ve Nil'den henüz yediğim darbe yetmiyormuş gibi bir de üstüne sevgilim dediğim adamdan hiç unutamayacağım bir kazık gelmişti. Bu ilişkide bir şey eksikti, biliyordum. Ben zaten bana öyle sıkı sıkıya bağlanmadığını biliyordum. Uzun ilişkiler öyle hemen bitmez, ben zaten yine terk edilirim, adamlar başkasına koşar, biliyordum. Hiç şaşırmadım, hiç isyan etmedim, üzerine hiç düşünmemeye karar verdim.

Yeliz'e bunu anlatmaya yüzüm yoktu. "Ben söylemiştim" diyecekti, eminim. Bunu nasıl sindireceğimi, insanlara ne diyeceğimi düşünürken birden onu nasıl hızlıca unutacağımın peşine düştüm. O seanslar, o terapiler, o iyileşmeler birden çöpe gitti. Herhalde onların bu durumda bana tek etkisi Orbay'ın evini, işyerini, hatta kendisini ateşe vermemi engellemek oldu. O hırsla eski flörtlerimden hiç yatmadığım birine yazdım.

"Furkan n'aber?"
"İyi canım, sen?"

Furkan'ın bir tasarım mağazası vardı. Eskiden benim de aralarında olduğum tasarımcıların ürünleri onun mağazasında satılırdı. En bilinen tasarım dükkanlarından biriydi ama ben ürünlerimi başka yerde satmama kararı alınca pek görüşme fırsatımız da kalmamıştı.

"İyiyim ben de, neredesin?"
"İstanbul'dayım henüz, yarın akşam Amsterdam. Gelsene?"
"Gelemem işler çok, sen benim yerime de eğlen. Akşam ne yapacaksın? Var mı programın?"
"Yok. Valiz hazırlarım. Kaç gündür uyuyamıyorum, erken uyurum herhalde. Yarın da gündüz iki toplantım var çünkü."
"Yardım edeyim mi valize?"

Bu kadar ani bir teklif beklemiyordu eminim, ne yazıyorsa birkaç kez yazdı yazdı sildi. Sonra tekrar yazmaya başladı.

"Gel tabii, şampanya da var hem. Gerçi bu şampanyalı valiz hazırlama teklifi çok gay oldu ama..."

O yazarken ben evde kendime cin tonik yapmıştım bile.

"Hahah, şampanya iyidir. Okey, geliyorum."

Gardırobun önünde hiç hoşlanmadığım bir adam için bir saat geçirdikten sonra hem kafam güzel olmuştu hem de görüntüm.

Orbay'ı bir geceliğine unutturmayı bilmeden de olsa kabul eden Furkan'a ne kadar teşekkür etsem az diye düşünürken, taksi Furkan'ın evinin orada durdu. Ulus'ta bir apartmanın önündeydim. Bir ilişkim daha haberim olmadan bitmişti. Bir sevgilim daha artık başka birine aitti. Bense yine kaybolmuştum ama yolumu bulmaya çalışmaktan çok uzaktım. Boşvermiştim. Yorulmuştum.

Furkan kapıyı açtığında, eskisinden çok daha yakışıklı görünmüştü gözüme. Onunla aramızda bir şey olmamasının sebebi her kadın tarafından talep gören bir adam olmasıydı. O tasarım dükkanının dili olsa da konuşsa... Çoğu tasarımcı kadındı, Furkan ise çok flörtçüydü. Eminim flört ettiklerinin çoğuyla da yatmıştı.

Üzerindeki kazak ona o kadar yakışmıştı, mükemmel vücudunu öyle ortaya çıkarmıştı ki kimseye ait olamayacak olmasına kendi adıma üzüldüm bir an. Bu gece, onunla yatan tasarımcı kadınlara bir kişi daha eklenecekti ve bu Furkan'ın hareketli hayatının bundan sonraki dönemini hiç etkilemeyecekti.

Valizle falan alakası yoktu tabii Furkan'ın, şampanyayı çoktan soğutmuş, salondaki sehpanın üstündeki tabağa çilekleri özenle yerleştirmişti. Petrol mavisi L koltuğunun bir ucuna oturdum, şampanyayı açmasını izlemeye başladım.

"Doğrusunu söylemek gerekirse şaşırdım bugün yazmana, nereden esti sakıncası yoksa öğrenebilir miyim?" diye sordu.

"Bilmem, rüyamda mı gördüm acaba?" dedim gülerek.

Derin V yakalı tulumumun omuzlarını düzeltirken, kadehleri dolduruyordu.

"Hoşgeldin."

O an orada yepyeni bir ben vardı sanki, bunu çok seviyordum. Her şey o evin kapısının dışında kalmıştı ve ben orada geçmişinden bağımsız, tek başına, anı yaşayan halime bayılmıştım. Bir de kapıdan çıkar çıkmaz her şeye tekrar kavuşmasaydım iyi olurdu tabii.

İlk şampanyayı bitirip ikinci şişeyi sipariş vermeyi planlarken öpüşmeye başlamıştık. O kadar güzel dokunuyordu ki sabaha kadar yanında kalabilirdim. Gece ikiye kadar aralıksız seviştik. Keşke eskiden sevişseymişiz Furkan'la ve tam da onun istediği gibi fuck buddy olsaymışız. Eğer olsaydık belki de Volkan her aradığında ona inanmazdım. Belki de sadece sevgiye aç olurdum ve gerçek sevgiyi görmediğim noktada kimsenin yanında kalmazdım.

Furkan'ın evinden sabah yedide çıktığımda, telefonuma neredeyse on iki saattir bakmadığımı fark ettim. Orbay tam beş kez aramıştı ve hiç mesaj atmamıştı. İnsan beş kere arıyorsa ve telefonuna cevap alamıyorsa mesaj atmaz mı? Atmamış. Yanlışlıkla aradı herhalde. Ya da kızla kavga ettiler, kız beni Orbay'ın telefonundan aradı. Neyse ki görmemişim, gecemin içine ederlerdi.

Eve gelip duş alıp terk edilmişliğimle tekrar yüz yüze geldiğimde, tek başıma tatil planı için bilgisayarımı açtım. Alternatifleri değerlendirirken Orbay mesaj attı. Elim hiç telefona gitmiyordu bile. Bazen olur ya öyle, ne yazdığını az çok tahmin ettiğin, yaralayacağından emin olduğun o mesajı hiç açmak istemezsin. Ne yazacaktı ki? Yanlışlıkla aradığı için özür dileyecekti...

En sonunda derin bir nefes alıp açtım. Bakıp, cevap vermeyecektim.

"Müge, konuşmamız lazım."

İçime ağrı girdi, tam içime ama, kalbimin yakınlarına. Neyi konuşmamız lazım? "Konuşmamız lazım" ne kadar kötü bir mesajdı, ilk kez bu denli farkına varıyordum.

"Hangi konuda?"
"Biz."

Fotoğrafı gördüğümü belli etmemek için açık açık "Konuşmamıza gerek yok" diyemiyordum ama asla görüşmek ve konuşmak istemiyordum. Cevap vermeyince devam etti.

"Akşam bana gelir misin?"

Aklıma türlü türlü senaryolar geliyordu. Kızla bu evdeydi, kızı ikna etmeye çalışmak için bana aramızda hiçbir şeyin olmadığını mı söylettirecekti acaba? Kız ikna olmadıysa niye fotoğraf yayınladı? Ya da evdeki diş fırçamı mı gördü? Küpem kalmıştı onda, onu mu buldu da kıyameti kopardı acaba? Evet evet, kesin dün gece bir kriz yaşandı ve bu beni kızı ikna etmem için çağırıyor. Ne münasebet, bana ne sizin ilişkinizden, sen zaten kız için beni terk etmedin mi bana bile haber vermeden?

Cevap vermek istemiyordum hiç.

"Ya sen bana gel ya da ben sana geliyorum."

Kızı alıp bana gelmesinden iyidir her şey. Kalan bir-iki eşyamı da almak için davetini kabul ettim. Kafamın güzel olması şartıyla.

Mükemmel bir son

Biten ilişkilerden sonra zorunlu görüşme kıyafeti diye bir kombin olmalı. Mesela özensiz ama özenli, boşvermiş ama seksi falan olmak için ne giyilmeli?

Kuvvetle muhtemel yanımızda diğer kız da olacaktı. Yani bu zaten barışıp sevişmeli bir şey olmayacaktı. Ben de siyah boğazlı kazakla yırtık pantolon giydim. Bir kadeh cin tonik içtim ve gittim.

Heyecanlanmayı hiç sevmem. Heyecanıma engel olmak içinse 'o an'ın üzerine düşünmemeye çalışırım. İnsan kendisini çok kolay oyalayabiliyor. Hiç düşünmeye düşünmeye evinin kapısına ulaşmıştım. Zili çaldım, hemen kapıyı açtı. Gözlerinin içi güldü beni görünce. Nasıl yani?

Kapıdan içeriye girdim, sarıldı bana uzun uzun. Bu bir veda sarılması mı? Veda sarılmasıysa neden üzgün değil de heyecanlı gibi diye düşünürken, ona beklediği karşılığı veremedim.

Salona girince, iyice karıştı kafam. Plak çalıyordu, güzel bir yemek hazırlamıştı. Şişesinden anladığım kadarıyla biraz da pahalı bir şarap açmıştı. Arkamdan salona geldi, tekrar uzun uzun sarıldı bana. Arkasını dönüp mutfağa ilerledikten sonra geri döndü, tekrar sarıldı. "Doyamıyorum bir türlü" diyordu sarılırken.

Çok şaşkın ve mutluydum. Daha çok şaşkındım ama. Nasıl yani? Biz galiba hala sevgiliydik. Peki, biz sevgiliysek o kızla neden öyle mutluydu? O fotoğrafın altındaki yazı neydi? Bu kez ben de ona sıkı sıkı sarılırken tavana bakarak bunları düşünüyordum. Kendinden uzaklaştırdı beni, elimden tuttu, koltuğa doğru götürdü.

"Gel, bir şey konuşmamız lazım öncelikle. Otur."
"Neler oluyor Orbay?"
"Şimdi söyleyeceklerime biraz kızacaksın aslında, açık söylemek gerekirse biraz da korkuyorum."
"Söyle."

Yani zaten ne söyleyeceğini adım gibi biliyorum, ne uzatıyorsun? Zaten o söyleyeceğin şeyi direkt söylemek daha tutarlı bir davranış olurdu bana sıkı sıkı sarılıp arkasından "Ayrılıyoruz" demek ne?

"Müge, sözümü kesmeni istemiyorum. Ben, eski kız arkadaşımın, yani senin de bildiğin nişanlımın kuzenine dükkanı devrediyorum. Biz zaten çok eski arkadaştık Can'la. O da yanında eski nişanlımı getirmiş çünkü onun da hayatında biri varmış ve çok mutluymuş, 'Öyle düşman olmayın' falan dedi. Benim için problem yoktu zaten, o da sevgili bulunca yumuşamıştı... Bu kadar işte."

Ağzım açık dinliyordum. Söylediği her şey oturuyordu gördüklerime. "Ne enayiyim" diyeceğim ama ben ne-

Mükemmel Bir Son

reden bileyim bunun kızın kuzeniyle iş yapacağını? Aklımın ucundan geçmez.

"Kızdın mı bana? Müge? Sevgilim?"
"Yok, kızmadım, iyi yapmışsın."

Furkan'la seviştiğimle kaldım gerçekten. Başıma ne geldiyse şu sabırsızlığım yüzünden geldi. Yahu bir gün hatta birkaç saat bekleseymişim, belki de dün konuşacakmışım Orbay'la, dün barışacakmışız. Tabii bu gerçeği ona asla söyleyemezdim. Benimle mezara kadar artık...

Bu esnada kendimi dünyanın en şanslı kadını gibi hissederken, bunu nasıl hak ettiğimi anlamaya çalışıyordum. Başıma beklediğimin çok üstü güzellikte bir şey geldiğinde, ilk aklıma gelen bunu nasıl hak ettiğim sorusu olur. Çok güzel olan şeyleri yaşamaya öyle alışkın değilim ki, anlamakta ve alışmakta zorlanıyorum.

Yemekler nefisti, şarap mükemmeldi. Orbay'ın gözlerinin içine bakıyordum şimdi ne olacak diye. Son kadehlerimiz bitince elinde soğuttuğu şampanyayla ve iki şampanya kadehiyle geldi. Yine mi şampanya? Şampanyaya hiç itiraz etmem ama ortada bu kez benim hiç bilmediğim bir kutlama vardı belli ki. Kadehleri doldurduğunda, soru dolu gözlerle yüzüne baktım. Şampanyayı ve kadehleri masaya bıraktı. Cebinden bir şey çıkarıp önümde diz çöktü.

"Müge, seni seviyorum. Benimle evlenir misin?"

O an, yıllardır beklediğim o anı yaşadığımı düşündüm sadece. Orbay'la geçecek bir hayatı değil, yıllarca beklediğim, beklerken gözümde büyüttüğüm o anın gelip çattığını düşündüm. İlk seks gibiymiş, filmler yüzünden masal gibi olduğunu zannettiğimiz ama aslında bomboş geçen ve "Bu muymuş?" dedirten bir an. Tabii bunlar böyle uzun uzun geçmedi aklımdan, hızlıca düşündüm. Ama yapacak bir şey yoktu...

"Evet, evlenirim tabii."

Yüzüğü taktı, kalktı, sarıldık, uzun uzun öpüştük, tekrar sarıldık, tekrar öpüştük.

Şampanyalarımız bittiğinde loş ışığın altında, o kadife yeşil kanepenin üzerinde sarılarak yatmış, konuşuyorduk. Orada uyuyakalmışız. Yine aynı yer, yine sarılarak uyumak, yine bunun getirdiği ağrılar...

Hiç plan yapmaya bile gerek yoktu. Kalktık, kafeye gitmek için hazırlandık. Belli ki kahvaltı yapıp işlerimize bakacaktık. Giyinirken hep parmağımdaki yüzüğe baktım... Ne acayip hismiş; normalde arkadaşlarımın yüzüklerini dener, kendi elimde nasıl durduğuna bakarım ve kısa süreli tektaşları görmeye alışkınımdır parmağımda. Bu kez benim. Bu yüzük benim, hala inanamıyordum.

Yeliz, ben, Nil ve bilmiyorum
artık daha kimler

Artık planladığımız Ayvalık hayatına o kadar yakındık ki, evde her şeyim kolilenmiş, sadece yatağım ve bir battaniyem kalmıştı paketlenmemiş. Bu sonbahar, bazı aşıkları sevgilisinden, beni ise şehirden ayıracaktı. Orbay, İstanbul'daki kafe için son düzenlemeleri yapmış, devir teslim için hazırlanmış, Ayvalık'ta açabileceği yeni ve küçük mekan için yer bile bakmıştı. Biraz dinlenip, sonra yeni hayatımızı kuracaktık. Ben atölye için arada bir İstanbul'a gelecektim, Orbay için de şehirde halledilmesi gereken bir şey kalmamıştı neredeyse.

Bu arada ailelerimiz çoktan tanışmış, birbirlerine bayılmasalar da en azından anlaşabilmişlerdi. Orbay'a babamın bizi bir dönem bırakıp gittiğini anlatmamsa evlenme teklifinin çok sonrasında gerçekleşebilmişti. Öncesinde bunu içten içe bir defo gibi algılıyor, eğer öğrenirse o da beni terk eder çünkü terk edilmenin benim kaderim olduğuna inanır gibi geliyordu. Öyle olmadı. Diğer türlü de olmadı. Ekstra bir şefkat ya da uzaklaşma fark etmedim. Sanırım onun da bana anlatmadığı şeyler vardı. Sabırla o günü bekleyecektim.

Annem, evleniyor olmama beklediğim kadar sevinmemişti, nedense bakışlarında bir hüzün vardı. Yeliz, ailelerin tanışmasına dahil olan, kahveye yardım etme bahanesiyle eve gelen tek arkadaşımdı. Önyargılarından arınmasını beklerdim ama onun da gözlerinde anneminkine benzer bir bakış vardı. Neyi göremiyordum, bilmiyordum. Orbay çok mu işe yaramaz gibi görünüyordu ya da ben tek başıma mı yaşıyordum bu ilişkiyi de farkında değildim... Belki de Ayvalık'a taşınacak olmama üzülüyorlardı sadece... Babam pek yorum yapmadı, ben de beklemedim zaten, ne diyecekti ki?

Henüz nikah tarihi almamıştık. Ayvalık'a gittikten sonra, orada karar verecektik. Belki de orada evlenirdik. Zaten tek istediğim onun yanında olmaktı, imzayı falan umursayan yoktu ailem dışında.

Volkan'la Nil ise nikah tarihi almışlardı, deli gibi mutlulardı. Benimleyken hiçbir şeye vakit bulamayan Volkan, hafta sonu Nil'le tatillere kaçıp duruyordu. Bunu da Nil'le ortak arkadaşlarım haber veriyordu. Yeliz'in hayatına da nihayet biri girecekti ama karamsar Yeliz, bunu çok da önemsiyor gibi değildi.

"Sen biriyle birlikte olmak, mutlu olmak istemiyorsun bence Yeliz. Beni yanlış anlama da" diye başladım kahvaltıya gittiğimiz yerde tabağıma beyaz peynir alırken.

"Kaç zaman sonra hayatına biri girecek gibi oldu, o da aman girmesin diye elinden geleni yapıyorsun. Çocukla plan yap, evinin yakınlarında takıl, ne bileyim, bir şeyler yapıp adamı tavlasana?"

"Ya yapıyorum ben de jest ama mutlu olacağımdan emin olmadan birine bağlanmak istemiyorum artık. Bu zaten eski sevgilimin de arkadaşıydı, bizimkinde her şey daha zor normal bir ilişkiden."

Yeliz, ben, Nil ve bilmiyorum artık daha kimler, dünyada başka kimse yokmuş gibi küçücük bir çevreyle idare ediyorduk. Biriyle bitince onun arkadaşını, arkadaşının ilişkisi bitince onun sevgilisini bir deniyorduk. Küçücük, böyle durumlarda kendine yeten, çoğunlukla birbirini küstüren ve 'ya olursa' adına herkesi harcayan insanlardık.

"Peki bu tek taraflı mı yoksa karşı taraftan 'kesin hoşlanıyor' dediğin hamleler var mı?"

"Ya emin olamıyorum, normalde başkasına akıl veriyor olsam, 'kesin hoşlanıyor' diyeceğim şeyler benim başıma geldiğinde yorumsuz kalıyorum. Mesela çok sahip çıkıyor bana, sürekli kolunu omzuma atıyor yürürken, otururken. Yani arkadaşınla böyle olmazsın, diğer yandan da çok emin olamıyorum. Belki imkansız olmanın verdiği rahatlıktır bu."

"Ha nasılsa çıkamayacaksınız diye mi böyle rahat ve yakın davranıyor diyorsun?"

İşler orada değişiyor, bazı adamlar sorumluluk almayacaklarını garantilediklerinde daha yakın, daha iyi davranıyor, daha çok flört ediyorlar. Bir şeyi oldurmaya çalışmak yerine, olamayacak olmasının nedenlerini sıralıyorlar. Bu, onların 'seni yeterince istemiyorum' deme şekli aynı zamanda, bizim de korkak adamları eleme bahanemiz.

"Ya ben erkeklerin hayal ettiğimiz kadar cesur olduğunu sanmıyorum. Yanlış anlama ama senin hala Ayvalık'ta yaşayacağına inanmıyorum. Niye bilmiyorum ama hiç gidecekmişsin gibi gelmiyor. Evi bırakmanı istemiyorum. En azından eşyaların burada kalsın bir-iki ay daha."

Artık Yeliz'le bu konulara girmek karın ağrısı yapıyordu bende. Kendimi o kadar tuttum ki tartışmamak ve onu kaybetmemek için. Ama asla bunu anlamıyor, beni sürekli geriyor ve ilişkimi sorgulamama sebep oluyordu.

"Yeliz sen Orbay'la ilgili benim bilmediğim bir şey mi biliyorsun?"
"Yoo, ben sadece senin..."
"Sen sadece benim mutlu olmamı istiyorsun ama hayatıma şimdiye kadar kim girse göz devirdin. Hiç mutlu olacağıma inanmadın. Hiç kimseye şans vermedin. Bazılarının nedenleri vardı ama bu kez değil. Bir şey mi var diyorum, yok. Ama sevmiyorsun adamı. Hislerinden ben yoruldum. Artık gerçekten çok sıkıldım bu konudan."

İştahım kaçmıştı, hiçbir şey yemek istemiyordum. Hatta uzun bir süre Yeliz'i de görmek istemiyordum. Sonbahar değil de galiba direkt bu şehir ilişkilerimizi, arkadaşlıklarımızı ve sonunda da iyi hislerimizi söküp alıyordu bizden. Burada bunlarla dolup taşmak yerine, hayatıma sıfırdan yepyeni insanlarla ve yeni bir düzenle başlamak için sabırsızlanıyordum.

-Daha az- mükemmel bir son

Güneşli bir kış gününün tek güzel yanı, artık İstanbul'u terk ediyor oluşumuzdu.

Eşyaları önden gönderdik. Evin yakınındaki bir Starbucks'a çöküp, Orbay'ı beklemeye başladım. Benim evimden çıkan nakliyeciler ona geçeceği için zaten benim işim onunkinden erken bitecekti. Sonra o beni alacaktı ve arabasıyla gidecektik. Ayvalık'ta ise annemler karşılayacaktı eşyaları. Orbay'la birlikte bir işe girmenin en güzel yanı, her şeyi benim adıma da kolayca hallediyor oluşuydu. Aksilik çıkmasından korkmuyordum, hayatımda ilk kez bir ilişkimde kadın rolündeydim.

O kadar uzun zaman beklemiştim ki, kitap okumaktan sıkılmış, ikinci büyük boy kahvemi bitirmiş, arka masadaki iş görüşmesinin ve yan masamdaki date'in aşağı yukarı sonucuna bile şahit olmuştum. Orbay'ı arıyordum, telefonunu açmıyordu. Nakliye şirketinin telefonu zaten bende yoktu. Şimdi kalkıp oraya gitsem gereksiz olacaktı çünkü belli ki işler uzamış, Orbay gerilmişti. Onun bu gergin tarafıyla ilişkimizin üçüncü ayından sonra tanışmıştım. Bir türlü halledemediği işlerle uğraştığında, onu çok meşgul eden ve kendisi kadar pratik düşünmeyen insanlarla anlaşmaya çalıştığında yanına yaklaşmamak gerekirdi. Kafeye büyük bir masa yaptırmaya çalıştığı marangoz ile o kadar anlayamıyorlardı ki birbirlerini, onunla çalışmaktan vazgeçmek yerine işi inada bindirmişti. Her gün bir önceki günden daha gergin uyanıyordu ve ben o dönem onunla görüşmemek için dua ediyordum.

Şimdi belli ki çok gergindi, belli ki yine sorun çıkmıştı. Benimse hem canım onu hiç aramak istemiyordu hem de beklemekten sıkıldığımı ve eşyaları buraya bırakıp mağaza dolaşmaya karar verdiğimi söylemeye korkuyordum.

Çaresizce hayal kurmaya başladım. Acaba ne zaman evlenirdik? Orbay'dan çocuk yapmalı mıydım?

Şimdi öncelikle baharda evlenmek istediğim için en az altı ayımız vardı. Ama o imza çok da umurumda olmadığı için ilkbahar değil, sonbahara bırakabilirdik tüm bunları. Çocuk meselesinden çok emin değildim, aslında istiyordum ama hemen değil. Orbay da en az iki çocuk istediğinden bahsetmişti bir ara. O kadar çocuk yapar mıydık bilmiyorum ama Orbay'la gerçek bir aile olma fikri de hayallerime çok uzak değildi.

Ayvalık, çocuk büyütmek için de mükemmel bir yerdi. Tertemiz büyürdü. Belki orada yeni arkadaşlıklar kurabilirdim. Büyük şehrin Yeliz'i, Nil'i ve geri kalanlarını yanımda götürmek istemiyordum. Sırf son yaşadıklarım bile beni onlardan tamamen ayırmayı başarmıştı. Temiz, hesapsız ve geçmişi olmayan ilişkiler istiyordum artık hayatımda. Orbay'ın da, benim de geçmişimin geleceğimizi etkilemesini istemiyordum.

Oraya gelecek misafirlerin düşüncesi ise şimdiden yormuştu beni. Yanımızda birini istemiyordum hiç, sürekli yalnız kalmak istiyordum. Ne kadar birlikte olursak olalım ondan asla bıkmayacağımı biliyordum. Bu biraz korkutucuydu tabii Orbay açısından ama zaten bunu ona pek de çaktırmıyordum.

Kurulacak hayal ve yapılacak planların tamamını tüketmiştim o an için. Üstelik artık hava kararmıştı ve yola çıkmak için çok mantıksız bir saatti. Bir kez daha aradım Orbay'ı. Bu kez telefonu kapalıydı. Şarjı bitmişti kesin. Birine ulaşamamaktan gerçekten nefret ediyordum. Bunu ona onlarca kez söylememe rağmen hiçbir zaman dikkat etmemişti. Yola çıkacaktık, tamam, beni alacağın yer belli ama o kadar aramışım, ulaşamamışım, insan arada telefonuna bakar, aramaya döner.

Sinirimi yatıştırmaya çalışıyordum ama bu arada da ne gelen vardı ne giden. Kesin saçma sapan işler peşindeydi, bu sorumsuzluk beni ona belli etmemeye çalıştıkça daha da sinirlendiriyordu.

Bir süre sonra içim daralmaya başladı. Orbay aslında hiç gelmeyecek miydi? Acaba beni terk etmişti de haberim mi yoktu? Eşyalar peki? Ah bir ulaşabilsem, acaba benimkiler hazır toplanmışken onları Ayvalık'a mı göndermişti?

Yok artık daha neler! Bu adam beni her seferinde utandırdı böyle şeyler düşündüğüm için. Ama bir açıklaması da yoktu ki. Saatlerdir burada zavallı gibi bekliyordum. Sinirden, üzüntüden ve stresten yorulmuş halde Starbucks'tan çıkıp, evine gitmeye karar verdim. Şu saatten sonra gelse de oturup düşünsün neden burada olmadığımı. Hem istediğinde telefonu şarj edip beni arayabilirdi de.

Taksiye atladım, evine gittim, kapı kilitliydi. Arabası da kapının önünde değildi. Acaba ne zaman çıkmıştı evden? Komşularının ziline bastım, hiçbiri evde değildi. Karşı apartmanın altındaki bakkala gittim, nasılsa hep kapının önündeydi adam. Orbay'ı elbet arabaya binerken görmüştür diye düşündüm, görmemişti.

Biraz daha kapının önünde oturdum. Biraz dediğim de bir saat kırk yedi dakika tam olarak... Sonra pes ettim, belki haberleri vardır dedim ve annesini aradım korka korka. Sessizce açtı telefonu.

"Nergis Teyze nasılsınız?"
"İyiyiz kızım. Hayırdır bir şey mi oldu? Sesini hiç beğenmedim."

Kadın da yaşlı, nasıl sorulur ki haber alamadım diye?

"Yok, hayır, ulaşamadım da Orbay'a. Siz konuştunuz mu hiç? Evde de yok, arabası da yok kapının önünde, telefonu da kapalı..."
"Dur ben kuzenini arayayım ya da sana telefonunu vereyim sen ara."
"Alayım Nergis Teyzeciğim, ben size haber veririm merak etmeyin. Orbay telefonunu şarja takmayı hep unutuyor, sonra hep merak ediyorum. İlk kez değil bu zaten, her neyse..."

Kadın neyse ki sakindi, ben de biraz daha sakinleştikten sonra Arif'i aradım, nasıl ulaşabileceğimizi anca o bilebilirdi. Ondan telefon beklerken bakkalın çay teklifini de reddettim. Apartmanın önüne öylece dört çantamla oturdum.

Bu benim küçükken yaşadığım en korkunç anılardan birinin aynısıydı. Karlı, buz gibi bir kış günüydü. Okuldan dönmüştüm ama annem hala eve gelmemişti. Komşular beni eve almak istemişlerdi üşümeyeyim diye ama ben annem gelirse, geldiği an göreyim diye kapının önünden ayrılmamıştım. Çok üşümüştüm, hatırladığım kadarıyla sonrasında hasta olmamıştım ama gecenin ancak sonunda annem gelmişti. Terk edilmemenin sevincini ilk kez o zaman yaşamıştım. Aslında annemin beni terk ettiğini değil de, başına bir şeyin geldiğini sanmıştım. Neyse ki sadece bindiği otobüsün lastiği patlamıştı ve o karda kışta başka bir şey bulup gelmesi uzun zaman almıştı.

O iç rahatlamamı düşünüp, Orbay'da da benzer rahatlamayı yaşayacağıma inandırmaya başlamıştım kendimi. Sonra Arif aradı. Bizimkinin Apple şifresi Arif'te varmış, ondan en son nerede çevrimiçi göründüğüne bakmış. Harbiye civarını gösteriyormuş. Harbiye'ye gelen, beni neden almadan gider? Harbiye'de ne oldu ya da? Gerçekten terk mi edildim? Gerçekten mi?

Arif derin bir nefes aldı.

"Müge, şimdi seni alıyorum gelip. Ayrılma oradan. Birlikte karakola gider, nasıl öğrenebileceğimize bakarız."

Ne diyebilirdim ki? Bana bu kadar yaklaşıp sonra belli ki telefonu kapatıp uzaklaşmış. Ama bunun için de bir nedeni yok ki, zaten göndermişse eşyalarımı, ne yapacağım ben Ayvalık'ta bir yıllık kirayı? Ne diye peşin ödedin madem istemiyorsun...

Kaldırımda oturmuş, başımı ellerimin arasına koymuş, düşünüyordum. Zamanın nasıl geçtiğini anlamadım. Arif geldi beni almaya. Bütün eşyamı bir de onun arabasına taşıdım, polis karakoluna gittik. Arif bir tanıdık bulmuş, hemen o tanıdık komiserin yanında aldık soluğu.

Stresten bayılmak üzereydim. Yorgunluk çökmüştü, uyku bastırmıştı. Ben annemlere ne diyecektim? Sadece bunu düşünüyordum; ben annemlere ne diyecektim? Bunu nasıl açıklayabilirdim?

Komiserin karşısında anlatmaya utandım. "Terk edildim" de diyemedim. "Haber alamıyoruz" dedik. Kaçırılması için bir neden yoktu, ayrılmak için zaten yoktu. Komiser beni dinlerken kafasını salladı, bir ihtimal daha düşünüyordu. Trafik kazalarına baktırdı.

Aklımın ucundan bile geçmeyen ihtimal gerçek olmuştu. Harbiye civarında bir halk otobüsünün freni boşalmış, Orbay'ın arabasıyla çarpışmışlardı. Orbay ve on bir yolcu olay yerinde ölmüştü.

Bunu komiserin cep telefonunun kısmayı unuttuğu sesinden duydum. Yanlış duymuş olmayı, o polisin yanlış bilgi vermiş olmasını, oradaki herkesin bu olayı yanlış anlamış olmasını diledim bir an. Yanlış saydıklarını, yanlış kayıt tuttuklarını...

Mükemmel Bir Son

"Ben inanmıyorum, öldüğünü hissetmiyorum Arif, hastaneye gidelim" dedim. Arif de aynı şeyi diliyordu, kalktık gittik.

Arif danışmada bilgiyi teyit ettiğinde ve o kederle dönüp bana baktığında olduğum yere yığıldım. Tüm dünya durdu. Ağlayamıyordum, nefes alamıyordum, ben de ölmek istiyordum o an.

Beni yerden nasıl kaldırdılar, nasıl odaya götürdüler, hastanede o iki gün nasıl geçti hiç hatırlamıyorum. Orbay'ın ailesinin yanına gidemedim, cenazesine katılamadım, evden çıkamadım. İnsanlar birer hatıra saklarlar sevdiklerinden, ben hiç istemedim. Orbay'a ait olan herhangi bir şeye bakamazdım.

Annem bana günlerce, haftalarca bebeğine bakar gibi baktı. Aynaya bile bakacak halde değildim. Arif, Ayvalık'taki eve gidip eşyalarımızı geri gönderdi. Annem benimkileri yeni bir ev tutup yerleştirdi.

Bense başıma gelen her kötü şeyde olduğu gibi babamı suçladım.

Edebiyat/Roman dizisi kitapları:

Kalpten Düşme, *Ayşe Özyılmazel*

Ellerinden Kaydı Hayat,
Necdet Özkaya

Karanlığı Yiyenler, *Richard Lloyd Parry,*
Çev. Nuray Önoğlu

Gizli Aşk Bu, *Suzan Mumcu*

İyi Hemşire, *Charles Graeber,*
Çev. Nuray Önoğlu & Erhan Akay

Fedai, *Angutyus*

Saklan Kaç Vur, *Nic Pizzolatto,*
Çev. Elif Söğüt Kurtiş

Üç Renkli Deniz,
Wally Lamb, Çev. Erhan Akay

Her Şey O Yaz Oldu,
Emma Straub, Çev. Erhan Akay

Masum Uyku,
Karen Perry, Çev. Bağış Bilir

Sen Dünkü Sen Olacak mısın?,
Meltem Parlak

Müdürden Sonra Müdür,
Tuğrul Uçak

Renkli Rüyalar Oteli, *Esra Baran*

İçeride Kalanlar,
Aslı Akarsakarya

Buz İkizler, *S. K. Tremayne,*
Çev: *Selim Yeniçeri*

Talih Kuşu, *James McBride,*
Çev: *Duygu Günkut*

Maestra, *L. S. Hilton,*
Çev: *Selim Yeniçeri*

Cennette Uzun Bir Kış,
Barış Tuna

LUPU, *Özge Göztürk*

Mükemmel Bir Son, *French Oje*

 okuyan**US**.COM.TR

 /okuyanusyayinevi

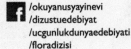 /okuyanusyayinevi
/dizustuedebiyat
/ucgunlukdunyaedebiyati
/floradizisi

 @okuyanus

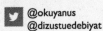 @okuyanus
@dizustuedebiyat

 @ucgunlukdunyaed